·全民微阅读系列·

模拟快乐

徐均生 著

江西高校出版社

图书在版编目（CIP）数据

模拟快乐 / 徐均生著 . — 南昌：江西高校出版社，2017.1（2021.1重印）

（全民微阅读系列）

ISBN 978-7-5493-5054-4

Ⅰ. ①模… Ⅱ. ①徐… Ⅲ. ①小小说—小说集—中国—当代 Ⅳ. ① I247.82

中国版本图书馆 CIP 数据核字（2017）第 017593 号

出版发行	江西高校出版社
社　　址	江西省南昌市洪都北大道96号
总编室电话	（0791）88504319
销售电话	（0791）88592590
网　　址	www.juacp.com
印　　刷	永清县晔盛亚胶印有限公司
经　　销	全国新华书店
开　　本	700mm×1000mm 1/16
印　　张	14
字　　数	160千字
版　　次	2017年1月第1版 2021年1月第2次印刷
书　　号	ISBN 978-7-5493-5054-4
定　　价	45.00元

赣版权登字 -07-2017-64

版权所有　侵权必究

图书若有印装问题，请随时向本社印制部（0791-88513257）退换

目 录

第一辑　我的眼角流出一条虫 / 1

我的眼角流出一条虫 / 1

我和一条虫之间的血肉联系 / 4

一条长生不老的鱼 / 7

美丽之城的特别之旅 / 10

蚊子的战争 / 13

重新做人 / 15

梦里的世界 / 18

外星人改造地球人的欲望 / 20

戴玻璃帽子的英雄 / 23

桃花源找缺点 / 26

老实人的奇遇 / 29

最后心愿 / 32

2222 年仲夏的水 / 35

实名制天堂 / 38

水之墙 / 40

预测未来 / 43

模拟外星人入侵 / 46

拯救人类 / 49

病　毒 / 52

第二辑　上帝寻找上帝 / 56

上帝造人新说 / 56

上帝请客 / 59

上帝寻找上帝 / 62

上帝给的机会 / 65

替罪羊 / 67

重新造人 / 70

拯救官位 / 73

复活实验 / 76

美女的心愿 / 79

冷冻青春一百年 / 81

人主持的最后一次会议 / 86

白娘子喝雄黄酒的理由 / 89

挑战脸皮 / 92

化学反应式爱情 / 94

救人 / 97

李永和的梦幻世界 / 100

失忆后的我是谁 / 103

修改细节 / 106

模拟应聘 / 108

第三辑　特异功能毁灭记 / 111

搬垃圾 / 111

特异功能毁灭记 / 115

神奇的拉链 / 118

他是你什么人 / 121

检查 / 124

亚领导 / 126

演戏 / 129

装孙子 / 132

模拟蜕变 / 136

评选好人 / 138

责任指数 / 141

领导的脚会数钱 / 144

化验品质 / 147

遭遇不可理解的结婚之假象 / 150

亚医生 / 153

拆墙洞 / 156

超常规生儿 / 158

补墙洞 / 162

表面现象 / 165

第四辑　富人招聘乞丐 / 169

一只奇特的盖子 / 169

那个无事可做的午后 / 172

享不起的福 / 175

富人招聘乞丐 / 177

神奇的药水 / 180

自杀者说 / 182

潘多拉很受伤 / 185

模拟快乐 / 188

奇怪的合影 / 191

昨天再现 / 194

模拟瞒报 / 197

老公想当领导 / 199

钻啊钻啊钻空子 / 203

赵作家的遗言 / 205

领导的情人 / 207

领导有难就是我有难 / 210

当领导是一件尴尬的事 / 212

在情人年代相亲 / 215

第一辑　我的眼角流出一条虫

虫说："五十年后人类会经历一次突变，有的变成蛇，有的变成虫，有的变成鼠，总之，那时候，每一个人都要变成一种人类以外的东西。"

"为什么会这样的？"我惊恐万状。

虫回答："人类把物种毁灭了，自然界为了寻找到平衡，选择人类作为对象进行修复。"

我问："那我……我们人类的后代呢？"

虫说："你有儿子，还会有孙子，不，也是我的后代，那时候的人类到了五十岁时，都要变成其他。谁也不例外。"

我的眼角流出一条虫

忽然听到一个声音："我是你的虫，也就是你的灵魂。你要听我的。"我大惊，连忙问："这声音真是你发出的吗？"虫说："难

模拟快乐

道还有谁？"我惊喜万分，忙把它捧在手心，断然道："好，我以后什么都听你的。"

那天升职失利，我流了好多的泪。泪水流着流着，就从眼角流出一条虫来，刚好掉在纸巾里，有一厘米长，一毫米粗，闪着金光。对了，还仰着头。

忽然听到一个声音："我是你的虫，也就是你的灵魂。你要听我的。"我大惊，连忙问："这声音真是你发出的吗？"虫说："难道还有谁？"我惊喜万分，忙把它捧在手心，断然道："好，我以后什么都听你的。"

虫，大部分时间躺在我的口袋里，或包里。空闲时，我把它掏出来，放在手心，把玩。对了，虫只吃我的眼泪和唾液。有了这条虫后，我的工作顺畅多了，做得很有成效，心情自然愉快。虫也在慢慢地长大。

不久以后，我就升职了。朋友们要请我喝酒。临行前，虫开口说话了，"你呀升这么一个小科长还值得祝贺？省省吧。"我辩解说："你要知道升这么一个小科长有多难啊。"虫仰着头又说："你太小看你自己了。"我大喜，连忙表示："那好，我不去了。"无论朋友怎么呼我也没去赴宴。

那时候，我正好喜欢上了一位叫芳菲的漂亮女子，恨不得立即娶她为妻。就在准备求婚时，我想到了虫。于是我问虫："我想跟芳菲结婚，你认为如何？"虫说："这个女人对你太危险了。你最好远离她！"我很不高兴，冷冷地问："为什么？"虫说："你现在去看一下镜子，镜子里有你跟她结婚后的真实记录。"

我冲到镜子前，果然有我和她一起生活的镜头。镜头里的芳菲很懒，什么家务都不做，对保姆吆三喝四的。更可恨的是乘我出差在外，跟她的上司偷情，还把家里的钱送给她的情人。

第一辑　我的眼角流出一条虫

没办法，我只好忍痛割爱。从那天以后，我把精力都放在工作上了。这样一心一意地干了一年。也就在这一年年底，我被升为副处长。当晚，我很高兴，想请朋友们喝酒。虫也说："你去吧，去吧，喝一点，别喝多了就是。"我牢记着虫的话，只喝了一杯红酒就回来了。

虫问我："你是不是特恨我？酒也不让你多喝。"我忙表示，"哪里啊你是为我好嘛！我应该感谢你才是。"真的，虫一直在指点着我，也在规范着我的行为。我打心眼感激它。

虫又对我说："你去看看镜子吧，镜子有一个女子，做你妻子很合适。"我扑到镜子前——镜子里面有一位女子，长得很端正，正对着我微笑呢。

我感觉上她不是我喜欢的那种女子。虫说："你会喜欢她的，她会给你带来好运的。"我只好问："她在哪里？"虫说："明天你会见到她的。"

果然，第二天上班，有人来找我，正是这位女子。女子见了我后，给我一封信，说是她爸让她来找我的。我有些莫名其妙，拆开信看了，才知道，原来她是乡下老师的女儿，让我给她找份工作。

我听从了虫的话，没有给她找工作，而是让她去我家里。她来我家后，家里收拾得很干净，还做得一手好菜。这让我很意外，也很欢喜。经过三个月的接触，真的发现她很合适做我的妻子。于是，有一天晚上，我对她说了，她脸红地不敢看我，当然还是微微点了头。于是，我一把把她抱在怀里。

一年后，我有了儿子。再一年后，我当上了处长。当上处长后的那些天，请我吃饭的人很多，我一一回绝了。只是有一位绝色美女要请我吃饭，我没有回绝。我问虫："我很想赴宴，你说我能去吗？"

虫说:"这绝色美女是妖女,你如果赴宴的话会出现三种结果:一是你得艾滋病,二是你们夫妻关系破裂,三是损害单位利益。"

我解释说:"我从来没跟绝色美女喝过酒吃过饭。"

虫说:"我理解你的心情,这些年来管你管得太严了。这样吧,这一次你自己做主,但必须提醒你,如果赴宴肯定会有一种结果发生,这是逃不掉的。"

我太想跟绝色美女在一起了。于是,我断然说:"我决定去!"

虫问我:"你准备选择哪一种结果?"

我说:"第三种吧。"第一种让我害怕,第二种太可惜,只好牺牲单位了。

于是,我去了。

回来后,第三种结果渐渐显现:单位的利益受损。不久,我被停职检查。

虫痛心疾首:"我真糊涂啊怎么能让你自我做主呢?"

虫的身体突然"扑"地一声,破裂了,滚出一只蚕茧来,晶莹剔透,美丽无比。

我和一条虫之间的血肉联系

五十年后人类会经历一次突变,有的变成蛇,有的变成虫,有的变成鼠,总之,那时候,每一个人都要变成一种人类以外的东西。

周末不用上班,我睡到自然醒,那时候阳光已经从窗外射进来,便起床来到阳台伸懒腰,刚伸了几下,发现脚下有一只虫子。我连忙捏住鼻子，往家里跑。我之所以要往家里跑，是因为它的样子像臭虫——南瓜藤上经常能看到的。要知道，一旦臭虫放屁，那是很臭的。就算不放屁，只要碰到它，你身上同样也会很臭。

可前脚刚进了家门，我就纳闷儿：这臭虫怎么能够到我家阳台？要知道我可是住在35层啊，就算这臭虫能飞，也不可能飞到这么高吧。想到这里，我的后脚没有紧跟前脚进家门，而是往后退了。

我退到臭虫的身边，蹲下身子，很仔细地看，还使劲地用鼻子闻，却没有闻到任何臭味。这真是奇怪了，这明明是臭虫啊，怎么可能会没有臭味呢？更让我奇怪的是，这臭虫还有一股淡淡的兰花香味。

这让我更加百思不得其解，于是打开电脑百度，但也没有搜到任何结果。想想这臭虫待在阳台上时间久了也不好，便把它弄到手掌心，捧着出家门，进电梯，来到小区外的空地上，见不远处种着南瓜，便过去把臭虫放在了南瓜叶子上。

"你应该在这里生活，以后别跑到高楼上去了。那里不是你能生活得了的哦！"说着，我朝它挥挥手，回到了家里。

让我没有想到的是，我去阳台找袜子时，又发现了臭虫，跟前面那只一模一样。我蹲下身子，对着臭虫说："我已经跟你说过了，这里不是你的家，你的家在原野在南瓜藤上。当然，如果你一定要把我的家当作你的家的话，那好啊，我现在把你送下去，如果你再次回来，那我就让你待在我家里。你看好不好？OK！"

我把臭虫再次弄到手掌心，捧着，小心地出家门，进电梯，出小区，放在了那棵南瓜藤叶子上，我还说了一句话："你知道吧，这里才是你的家，好好地待在家里，别乱跑了，要知道，社会上坏人很多的，遇到了，那可是要没命的哦！"

模拟快乐

我回到家，穿好衣服，准备去见在微信上认识的女孩。女孩很漂亮，很有灵气，感觉她也很懂事，我想跟她发展发展。说好今天中午在玫瑰园咖啡厅见面。穿戴停当，我去拿手机时，却见手机屏幕上卧着一只臭虫——跟前面那只臭虫一模一样，有一股淡淡的清香味。

我晕！我靠！真是见着……见着虫了！"好吧，你就待在家里吧，我可要去见美女了，回来再跟你聊吧。"我这样对虫说，算是跟她道别，便把她从手机屏幕上移到桌子上。

这时候，意想不到的事发生了，虫竟然说话了。虫说："我就是五十年后的你。""什么什么你再说一遍！"我连声发问。

虫说："五十年后人类会经历一次突变，有的变成蛇，有的变成虫，有的变成鼠，总之，那时候，每一个人都要变成一种人类以外的东西。""为什么会这样的？"我惊恐万状。

虫回答："人类把物种毁灭了，自然界为了寻找到平衡，选择人类作为对象进行修复。"我问："那我……我们人类的后代呢？"虫说："你有儿子，还会有孙子，不，也是我的后代，那时候的人类到了五十岁时，都要变成其他。谁也不例外。"

我明白了，按照自然界的法则，这也完全有可能的。我问："我变成了你，那我的老婆呢她会变成什么？"虫回答："我老婆啊她变成了蜜蜂，工作得很辛苦，但也很快乐，不过，从此以后我们夫妻很难见面了，除非有特别的机会遇到。"我问："什么样的特别机会？"虫回答："如果她刚好来采我生活的这棵南瓜藤的花粉，或许会认出来，但也只能几秒钟的见面时间。"

我眼睛湿湿地再问："那做我老婆的是谁？还有我会什么时候结婚？"虫说："她就是你今天要去见面的女孩，明年的今天就是你们结婚的日子，你们会过得很幸福的。"

我信了，真的信了。我含着泪说："你在家好好待着吧，我去约会了。"虫说："谢谢你给我找了这么好的老婆，让我很幸福！"我哽咽着说："不用谢，这是我应该做的事！"

我回头看了一眼我自己——虫，就出家门去约会了。

一条长生不老的鱼

我要做一个既快乐又痛苦的人类。这起码让我在痛苦时知道自己痛苦，快乐时知道自己快乐。我现在按理说是快乐的，但不知道快乐是何物了。

鱼在水里不知道待了多少年，有一天她见了上帝（其实她是经常见上帝的），她说："上帝啊，我想做一回人，感觉人比我幸福快乐多了。人笑起来真灿烂，真好看！"

上帝说："我亲爱的鱼啊，你想错了，人笑起来是很好看很灿烂，但人更多的时候是皱眉苦脸的，是不快乐的时候多，按照人类自己的说法，就是人生不如意的事十之八九。"

鱼说："人类是您亲自创造的，也是您最伟大的杰作，肯定是您最得意的作品，而我也应该成为其中的一件作品。"

上帝说："人类确实是我最伟大的杰作，但自从把人类创造出来后，人类自身的发展已经离开我创造时的初衷。人类听不进我的话了。"

鱼说："那也没关系，有如此多的人类存在，肯定有它存在的原因，也就是说无论有多少痛苦，人类还是有生存的理由。这让我非常好奇，

模拟快乐

非常敬佩！"

上帝见劝不动鱼，便说："人类只有一次生命，而你是长生不老的，还可以跟我谈天说地，如你想到陆地上看看，我可以陪你去散散步。"

鱼说："我还是想做一个既快乐又痛苦的人类。这起码让我在痛苦时知道自己痛苦，快乐时知道自己快乐。您看我现在按理说是快乐的，但不知道快乐是何物了。"

上帝很失望，便说："人类是很自私的，你也想做吗？"

鱼果断回答："想！"

上帝很泄气，便说："人类是很贪婪的，你也想做吗？"

鱼断然回答："想！"

上帝很伤感，便说："人类最终要灭亡的，你也想做吗？"

鱼脱口而出："想！"

上帝只好让鱼做了人类，降生在很贫穷的家庭里。鱼降生那天，鱼的父亲见鱼像鱼儿一样漂亮，便对孩子母亲说："我们叫她鱼儿吧。"

母亲很高兴，便叫道："鱼儿，我的心肝宝贝！心肝宝贝，是我的鱼儿……"

鱼儿只是盯着父母亲"啊、啊"地叫叫，她根本不会说话。但鱼儿心里很清楚，她是鱼变的，是请求上帝变成了人类。

鱼儿慢慢地长大了，会走路了，会说话了，会叫爸爸妈妈了，无论父亲母亲多么累多么苦，只要听到她的叫声，父亲眉头展开了，就笑了，母亲苦着的脸像花儿一样灿烂地开放了。他们都会亲亲鱼儿，鱼儿就高兴啊，就快乐啊，就跳起来，就叫得更唤："爸妈……爸妈……"

鱼儿真的很幸福，想想做人类真好，这上帝看来很会骗人，以

第一辑　我的眼角流出一条虫

后有机会见面，要批评批评他，让大家都来做人类多好！

然而，接下来发生了很多很多的故事，鱼儿也长大成年了，父亲得重病死了。去世前，父亲看着鱼儿说："好好照顾母亲，好好照顾自己，要幸福，要快乐啊！"这是父亲最后留给她的话。

可是，从那天以后，鱼儿再也没有笑过，直到她嫁人那天，她笑了，她要嫁到富人家庭去了，不用愁吃愁穿了。她和母亲为了填饱肚子，一天到晚上干活，依然缺衣少食。现在好了，她能让母亲过上好日子了。

然而，鱼儿……好多年以后，鱼儿见到了上帝。那时候，鱼儿的头发都灰白了，没有半点笑容。

上帝紧紧握着鱼儿的手，痛惜地说："对不起！那时候，我不该让你做人类，你过得太苦了。"

听上帝这么一说，鱼儿反倒笑了，真的很灿烂地笑了。鱼儿自己也感到奇怪：我怎么会笑了我怎么会笑了我怎么会笑了……

上帝心疼地说："你怎么啦？需要我为你做什么吗？"

鱼儿很感激地说："谢谢您让我做了人类，真的非常感谢！"

上帝说："我可以让你重新做鱼的，做一条长生不老的鱼。"

鱼儿说："谢谢！我还是做人类吧，做好最后几年的人类。"

回到家里，鱼儿笑了，无论所谓的家人对她如何自私如何残忍，她依然笑容满面，依然吃饱睡足，渐渐地，鱼儿变年轻了，变开朗了。

鱼儿便离开那个家，一个人，什么东西都没带，回到了跟父母亲一起住过的小屋。这里有她最先的笑声，这里有她最先的快乐！

上帝有时会光顾一下小屋，品尝鱼儿的丰收果实，聊聊天堂里的故事。鱼儿洗耳恭听，有时也会给上帝讲讲人间的故事。这些故事，

模拟快乐

有苦有乐，更多的是苦，但苦中的一点乐，却让人类一心一意地生衍繁息，比如鱼儿她自己，无论吃过了多少的苦，但心里还在想：下辈子还是做人类好啊！

美丽之城的特别之旅

这个美丽之城被一个很大的透明玻璃罩覆盖着。罩子的四周有四根巨大的管子通往外面。这四根管子，一根是通往很远的地方，把那里清新的空气引到这里来……

小的时候，爷爷经常带我去小溪边玩耍，还下到溪水里捉鱼捉虾。那时候溪里的水很清很甜，家里用水都是从溪里提取的。

稍大的时候，溪里的水忽然不能喝了，要到山里去提水。后来，田地全变成化工厂了。爸妈都在厂里干活。

再过了一年，爷爷呕吐得非常厉害，人瘦得没了人形，不久便离开了我们。有人说，爷爷是喝了井里的水得病的。井被爸妈填埋了。

爸妈说我不能再待在村里，要我去城里读书。城里有我的姨妈。妈妈说："你要好好读书，读好书就不用回村里了。"

姨妈住的这个城是一个非常美丽的城。我跟妈妈一起乘车还不到这个城市，就被挡住了去路，不让车进城。让我们改乘其他的车子。在改乘其他车辆前，我和妈妈被带进一间房子，让我们洗澡，换新的干净衣服。然后，又让我们进入一间很温暖的房间里，待上一个小时才能出来。妈妈告诉我说，这是消毒，担心我们身上的病菌带进城里去。

消毒好以后，又把我们带到一辆非常漂亮的大车前，这车载我和妈妈还有其他的乘客前往美丽之城。到了城墙边，我们又换乘了一辆蓝色的车。这车跟前面的那辆车对接后，让我们不用下车，在车厢里走过去就行了。这车的窗户全是封闭的，看不到一点外面的阳光，车内倒是很明亮，也很温暖。车载电视在播放美丽之城里的新闻，还有唱歌跳舞的节目。我不怎么看，很好奇这车窗外到底是怎么样的风景。

可能过了很长时间，也可能时间很短，忽然窗外明亮如雪，整个城市就在眼前：绿的草，花的树，飞舞的彩蝶，清澈的河水，跟我小时候看到的一样。呵呵，一切的一切都太美了！

这个美丽之城被一个很大很大的透明玻璃罩覆盖着。罩子的四周有四根巨大的管子通往外面。姨妈告诉我说："这四根管子，一根是通往很远很远的地方，把那里清新的空气引到这里来；一根是排泄管通往城外，把城里的废气排出去；一根是供暖管，从城外通进来；还有一个管子是备用紧急通道，万一城里发生意外，这根管子就是逃生之用。"

我感到非常好奇，这城市里没有高楼，全是清一色的别墅和排屋，红红的颜色。房子与房子之间都有一条弯弯的小溪。溪水很清，有很多的鱼儿，红的，白的，黑的，黄的，一会朝我游来，一会儿又离我而去。这些鱼儿好像不太欢迎我的到来。因为没有在我的面前停留几秒钟，就调头转尾巴了。这让我有些不开心不快乐。

妈妈在姨妈家只待了一天就回去了。我送妈妈到楼下的草坪上。妈妈临行前对我说："好好听姨妈的话，不要乱跑，要多读书，读好书了，就留在这城里工作。"我望着妈妈，忽然鼻子酸

模拟快乐

酸的想哭。

姨妈对我说:"离开学还有几天时间,姨妈带你在城里好好玩玩。城里有很好吃的好玩的,你尽情地玩几天,玩够吃够了就好好读书。"

我很听话,姨妈让我吃就吃,姨妈让我玩我就玩,反正,我心里非常清楚,以后要跟着姨妈过日子。姨妈因为没生孩子,把我当作自己的儿子了。其实,妈妈已经把我过继给姨妈了,否则,我是没资格在这个城市生活的,更不用说读书了。

就在开学前的一天,我的肚子忽然痛得非常厉害,又是吐又是拉的。这下子可吓坏了姨妈。姨妈当即把我送到医院去诊治。医生给我检查得很仔细,抽血、化验、拍片、做B超、吃药挂针,可三天时间过去了,却没有多少好转。我的病情弄得医生也非常纳闷。医生对姨妈说:"这病因非常明确,用药也很到位,怎么会好不了呢?"

又过了三天,还是不见我好转,姨妈很担心,给妈妈打了电话,让妈妈来一趟。妈妈是三天以后才到达的。妈妈见我病得瘦得不成样子了,很心疼,但没有哭出声来,只是眼泪不停地往下流。我对妈妈说:"妈,我想回家,看看我们家前面的小溪。溪里说不定有鱼了。"妈妈同意了我的要求。

我跟姨妈告别,姨妈却抱着我哭了,哭诉着说对不起我,没有照顾好我,让我身体好了一定要来跟姨妈住。我很用力地点了点头。其实,我已经没有力气点头了。

我和妈妈乘上了一辆蓝色的车,很顺利很快地出了城,没有进城时那么复杂,要一遍又一遍地消毒。反正,我一出城,很猛力地吸了一口气,感到有些甜丝丝的,真的。

回家后,我想喝水。妈妈说:"这水太混杂了,等清了才能喝。"我说:"没关系,以前也是喝这样的水的。"妈妈说:"你现在是病人。"

我笑笑，端起碗一口气喝光了水。

当天晚上，我不再吐不再拉了，第二天，我的脸色红润了，没有不舒服的病症了，真是奇怪！

妈妈很高兴，说："再过几天，你还是回姨妈家里去吧。"我断然地说："打死我也不去了。"妈妈不解地问："为什么？"我很动情地说："那里不是我的家。"

我的家在这里，这是我祖辈们的家，也一定是我后辈们的家……难道不是吗？！

蚊子的战争

本地蚊子姑娘当中出现一句非常经典的话："要嫁就嫁外地蚊子。"

或者是这样说的："嫁外地蚊子是最正确的选择！"

外来蚊子来到本地之后，本地蚊子经受了前所未有的挑战。外来蚊子四肢发达，身体强壮，还有漂亮的纹身，深受本地蚊子姑娘的喜爱。曾经有一家报纸经过调查发现，本地蚊子姑娘当中出现一句非常经典的话："要嫁就嫁外地蚊子。"或者是这样说的："嫁外地蚊子是最正确的选择！"

本地蚊子非常气愤的，想当初，本地蚊子姑娘多乖巧多温柔啊，哪像现在，一见本地蚊子小伙子就问："你有车吗你有房吗你有存款吗？"

这样一来，外地蚊子当然很神气，他们要跟本地蚊子谈谈了。

模拟快乐

外地蚊子王给本地蚊子王发来一封伊妹儿，伊妹儿里说："自从我们来到贵地以后，还没见到过您的尊容，我在想，我们是不是应该见一见了。我的兄弟姐妹早想要求找您谈一谈了。当然，您想不想跟我谈，这得由您做主。"

外地蚊子王跟本地蚊子王的会谈还是在风光旖旎的阆苑湖畔举行的。会谈得非常辛苦，经过十天十夜通宵达旦的讨价还价，终于达成两条协议：一、外地蚊子攻击人类时，本地蚊子原则上保留意见。二、外地蚊子和本地蚊子同种同源，相互应该友好往来，团结友爱。本地蚊子王跟外地蚊子王签署了协议，双方交换了签字笔。电视台还现场直播了签字仪式。

本地蚊子王回到王宫，立即召开大臣会议。蚊子王发布命令：外地蚊子攻击人类时，我们要尽量避开，实在避不开，就被动地跟随，但绝不参加战斗。还有要牢牢记住，你们要想方设法躲藏起来，哪怕是躲在臭水沟，也比跟着外地蚊子吃香喝辣安全百倍！

外地蚊子王回到他的宫殿就不一样了，他气势高涨，情绪激奋地说："我们完全有能力消灭人类，统治整个地球！现在我命令：兄弟姐妹们，狠狠地去咬人类吧！"

人类在外来蚊子的攻击下，得了一种怪病，一个村庄里只要有一人得病，就会蔓延到整个村庄里所有的人，人类不得不把整个村庄给封锁了。

本地蚊子知道了外地蚊子的厉害，有很多本地蚊子给外地蚊子唱起了赞歌，也有大臣投到外地蚊子的阵营里去了，甚至有更多的本地蚊子姑娘嫁给了外地蚊子。一时间，外地蚊子统治了很大的一片土地。

就在这非常时刻，本地蚊子王却发表了讲话：外地蚊子攻击人类的时候，也就是他们开始灭亡的时候！

这话传到外地蚊子王那里，他嗤之以鼻，冷冷地道："鼠目寸光！"

这话传到本地蚊子王的耳朵里，本地蚊子王哈哈哈大笑，问众臣："你们听到吗？你们相信吗？你们知道为什么吗？"

众臣面面相觑，谁也不敢说话。

就在外来蚊子欢呼胜利的时候，人类开始反击了。人类研究出了一种特别的药水，专门收拾外来蚊子。短短的几天时间，外来蚊子抱头鼠窜，溃不成军。人类还掌握了外来蚊子生长习性，专门找那些容易积水的瓶瓶罐罐里繁衍，便一个一个地翻过来，又一个一个地喷上药水。

外来蚊子王狼狈不堪地逃到本地蚊子王的宫殿来喊救命。本地蚊子王当然是救了他的命，外地蚊子王感激涕零"扑通"地跪拜在地上，还一把泪一把鼻涕地请求说："大王，从今往后，我们外来蚊子都是您的子民，都听您的话。"

本地蚊子王让外地蚊子王起来说话。外地蚊子王却跪着不肯起来，请求道："大王，您们为何能长久地生存，还能跟人类和平共处？"

本地蚊子王正色道："人类是我们的衣食父母。"

重新做人

外星人要对地球上所有动物植物生物进行原始化处理，直到土地恢复到原始状态。人将和动物一样，回归到原始进化时期。

模拟快乐

外星人见我醒来,把我从床上架起来,拖到屋外,把我塞进关家禽的笼子里。笼子太矮,不能直腰,只能坐着,或蹲着,或者干脆跟狗一样,四脚落地。

"先生,请您过来。"我对外星人说。外星人没有理我。我大声说:"我必须向你申明,我是人,不能关在笼子里,我有头脑,有知识,有文化,对了,我好多优秀文章,收进了大中小学课本,有的还拍成电影电视。"

外星人连看都不看我一眼,倒是狗说话了,"你省省力吧,在他们眼里,你说话跟我的叫喊声一样,一分不值。"

我非常气愤,指着狗鼻子喝道:"你,你,你怎么好跟我相提并论?啊!"

让我没有想到的是,羊也数落我了,"人,你对我们想杀就想杀,想活剥皮就活剥皮,你太残忍了!"

我忽然想到了什么,惊叫起来:"哇!你们,你们怎么跟我说一样的话?"

鸡走到我的跟前,拍拍我的肩头,说:"你本来就是跟我们说一样话的嘛。"

我瞠目结舌,跟我关在一起的狗、羊、鸡,还有猪,都是我饲养的家禽啊!

"可是,你们说的都是人的语言啊!"一个人从会说话,要经过好多年时间,还要大人每天的教导,可是,这些家禽……

猪伸了伸它的前掌,我连忙握住了,我说:"老猪,人类每天都在赞美你,说你老实,说你对爱情专一,说你有小资情调,还说你是人类最好的伙伴,我相信你会说真话给我听的。"

猪淡淡地说:"那是你们想吃我的肉。"

我非常不满猪的话,"老猪,那你说,你们怎么会说人话的?"

第一辑　我的眼角流出一条虫

我见猪不回答，只好换了一个角度，"对了，我怎么会跟你们说一样的语言？"

狗冷冰冰地说："不一样，难道还两样啊？"

可我毕竟是人啊，怎么可能跟猪狗一样呢？我百思不得其解。

直到傍晚时分，外星人过来说："狗，猪，羊，鸡，你们出来吧。"

狗，猪，羊，鸡，就迫不及待地窜出笼子。

我连忙请求道："先生，我也要出来。"

外星人不理我，"呼"地一声，把笼子里的门紧紧地关上了。

狗叼来一块骨头，从笼子的缝里塞进来，说："人，你饿了吧，快吃。"

我怒不可遏地一脚把它踢出去，喝道："你，你，你把我当成什么了？"

狗胆怯地往后退了几步，小声说："我只把你当成人。"

我气得浑身发抖，狗竟然对我说这样的话？！

想昨天晚上，我跟朋友们偷偷地去山里吃国家明令禁止的穿山甲，那味道真鲜美啊！可惜，现在野味越来越少了。早些年的野鸡，野猪，野羚羊，野牛，还有天鹅，早已经吃得不见踪影了。

还是猪讲朋友义气，叼着一块红薯到我的面前，说："人，我不能眼睁睁地看着你被饿死。就这么一块红薯，你快吃吧。"

我感激涕零，哽咽着对猪说："谢谢！谢谢你！老猪！"

我饿坏了，饿得两眼冒金星。我狼吞虎咽，连皮带泥沙把这块红薯吞进了肚子里。

到了这时候，我才不得不正视自己的处境了，今天还没有跟外界联系过，好在手机还在裤袋里，连忙掏出来拔打，可一点声音都没有，又连续拔了10多次，都是如此。

我非常沮丧，非常困惑：这地球到底怎么了？难道被外星人占

17

领了？外星人对动物很友好，对人类却是如此残忍！这是为什么？

我打开手机的信箱，有一条也是唯一的短信，是从移居到空间站的朋友发来

的——外星人要对地球上所有动物植物生物进行原始化处理，直到土地恢复到原始状态。人将和动物一样，回归到原始进化时期……

那一天，正是公元 2607 年 11 月 30 日。

梦里的世界

这星球没设防，全是开放式的。

这星球的人，非常单纯，心里想的跟做的一样。

如果地球上的人类也这样，是不是会乱套？

他似乎天天做梦。梦里的人与事都是陌生的，都是他从来没有经历过。比如，昨天晚上他梦里来到一个五彩缤纷的世界，那里的水很清，那里的山很秀，那里的天很蓝，白云在天上飘，还有鸟儿在树上啁鸣，鱼儿在溪里玩水。他走进了溪里摸鱼儿，摸起的鱼儿又放了。他去山上，那秀丽的山峰，让他沉醉，让他迷恋，他在山顶捧起一把白云，亲了亲，又放它走了。美，真的太美了！

他经常是在甜美的笑声里醒来的，醒来后他环顾四周，心情忽然觉得沉重。他看了一眼时间，知道得赶快起床，得去上班了。是的，他得去上班，上班还得赶时间了，否则，又要挨老板的骂。他就这样起床了，就这样洗了一把脸，就这样去上班了。他的早

饭是在路上解决的，路上的小吃摊很多，他放了两块钱，要一只饼，边走边吃。

他下班回到家往往很晚了，晚得街上的人都很少了。他拖着灌了铅似的双腿，到达小区门口，终于重重地喘了一口气，感到饿得发昏了。还好，小区前的小吃摊还在，他要了一碗热汤面。喝下汤面，他忽然觉得精神了许多。

回到他的出租屋，忽然想看电视——他已经好久没看电视了。打开电视，就是不出现图像，他叹息了一声，骂了一声：这断命的电视！他想上网看看，结果网络很慢，网页怎么也打不开。他有点火了，很想把网络线拔出来，可转眼一想，何必呢？跟网线有什么好过不去的。看看时间，他自言自语：还是睡觉吧，明天要干的活还有很多呢！

躺下就睡着了，睡着了就会做梦。这天晚上，他梦见自己来到一个编号为1188的星球上。据说这个星球上的人是地球人的祖先。祖先们似乎比他的后代要落后很多。这里没有电话，没有汽车，也没有飞机大炮，跟千年前的地球上一样。让他觉得纳闷的是，这里的人脸上全是笑容，没有病容，更没有愁容，他们相互之间非常友好。这里的农活有大家一起做的，也有一个人独自做的。这里的家庭结构很松散，生活在同一个家庭里的人，并不一定是一家人，可能是邻居，可能是朋友，也可能是喜欢旅游的人。

对了，还有让他吃惊的是，这个星球上没有国家之分，也没有什么总统或市长之类的管理者。这里的人既是管理者，又是劳动者。不管是哪一个人都要劳动，都是一种非常自觉的劳动者。而这种劳动，似乎并不怎么累人，有其娱乐的成份，轻松、快乐。在轻松快乐的劳动中，把要做的活都做好了。

在梦里，他似乎走遍了整个星球。他纳闷：这星球没设防，全

模拟快乐

是开放式的。这星球的人，非常单纯，心里想的跟做的一样。他想，如果地球上的人类也这样，是不是会乱套？

这个想法一出来，他从梦中醒来了。醒来后，他还在回味刚才梦里的想法，是的，不错，如果地球上的人类也像梦中的人类这样，那绝对是要乱套的！

他看了时间，要快点起床了，再不起床，上班要迟到了。他穿了衣，穿了裤，还找了一下袜子，终算还有一双干净的。他特意换了双皮鞋穿。皮鞋买来快半年了，还没穿过，不是不想穿，实在是没时间穿。他今天想穿着新皮鞋去上班，尽管到了班上，他还得换上又脏又破的鞋子。

那晚他没有回家，他的双脚被机器弄伤了。应该来说，他是不会有生命危险的，这一点他非常清楚。但是，这双脚能不能完全康复就难说了。老板来了，看了他一眼，有些埋怨地对他说："你去帮忙怎么会这么不小心呢？啊，这医药费你也得出一部分吧。"他鼻子酸了，眼睛湿了，假装要睡，就闭了眼睛。

他闭了眼睛，就做梦，让他奇怪的是，今天的梦就是他的现实：他在维修车间，穿着又脏又破的工装，看了看时间，傍晚七点了，还得继续加班。这时候，有一位新来的同事去开机器，因操作不当被卡住了。他连忙过去帮忙处理，结果被机器砸伤了双脚……

外星人改造地球人的欲望

外星人说：我通过我们星球的无线信号，对地球人的大脑进行改造。

第一辑　我的眼角流出一条虫

也就是说，通过无线信号进入地球人的大脑，删除了地球人的欲望。

我交外星人爱伦做女朋友。忽然有一天，爱伦对我非常认真严肃地说："我要改造你们地球人。"我呵呵笑笑，说："你改造得了吗？"爱伦非常平静地看着我说："你等着。"我随口回答："等就等，谁怕谁啊！"

爱伦告诉我，她来到地球半年了，最不能容忍的是地球人的贪欲。她满怀忧国忧民地说："我就要改造你们地球人的欲望，让地球人变得更美好。"爱伦解释说，这是她的使命，她来到地球就是要跟地球人恋爱结婚，从中改造地球人。

听了爱伦的这段话，我很感动，觉得爱伦太伟大了。我深情地拥住爱伦，说："谢谢你！"便低头在她的额头轻轻地一吻。爱伦双手围住我的脖子，在我的耳边悄悄地说："我真的好喜欢你呢！"我的心跳得"嘣、嘣"地响，把爱伦拥抱着更紧了。

爱伦开始改造地球人了。她通过我的电脑接通了 A 星系——也就是她们的那个星球。她说："我通过我们星球的无线信号，对地球人的大脑进行改造，也就是说，通过无线信号进入地球人的大脑，删除地球人的欲望。"

我有些担忧地问："这样做行吗？"爱伦断然回答："当然行。"爱伦解释说他们星球人的文明与科技程度，比起我们地球人，一个是天上，一个是地下，没法可比性。

突然，家里的灯全黑了，整幢楼的灯也黑了，窗外的天空也暗下来了，太阳也没有了。但我的电脑还在工作。我有些惊慌："电没了。"爱伦说："快了，快了，好！"爱伦的话音刚落，我的头脑就热了一下，然后看眼前的爱伦，却发现她少了一样东西似的。

爱伦说："改造成功了，从现在开始地球人没有任何欲望了。"

模拟快乐

我眼睛睁得大大地问:"欲望是什么东西?"爱伦眼睛亮亮地说:"欲望就是地球人以前特有的一种心理。而这种心理每时每刻在左右着地球人的生活,弄得人与人之间相互勾心斗角,尔虞我诈,甚至杀人放火,直至国与国之间发生战争。"

我嘴里"哦"了一声,就离开电脑桌站起来,走到窗前,窗外又是阳光明媚。

爱伦也跟着我来到窗前,她脸孔红红的,眼睛亮亮的,仰起了头,闭了眼睛,我木然地看了一眼她,问:"你想干吗?"爱伦睁开了眼睛,脸飞地红了起来。我问她:"你的脸怎么红了?"爱伦娇羞地道:"你好坏啊!"

我丈二和尚摸不着头脑,忙问:"我坏什么了?"爱伦还是脸红红的嘟着嘴道:"你坏你坏你坏嘛!"我还是听不懂,非常认真严肃地问:"我到底坏在什么地方了?啊,你说啊!"

这下子,爱伦脸不红了,不问我了,去做饭了。我却一口饭也没吃。

晚饭后,爱伦和我去散步。刚走到楼下,我见一位老人衣着单薄地坐在路边的椅子上,我忙脱下自己的外套给老人穿上。老人连声说:"谢谢!谢谢!"我摆摆手继续往前走。

爱伦对我说:"你能脱下衣服给少衣的老人穿,说明你被我成功改造了。"听了她的话感到很好奇,我问:"你改造我什么了?"爱伦便详细地讲了以前的我和现在的我。我似乎明白了。

散步回到家,刚好是新闻节目时间,播音员说:刚刚收到记者发来的报道,今天从下午开始,居民不做饭了,谁也没有吃饭的欲望。记者问张大妈:请问,你为什么不想吃饭?张大妈回答,我也不知道。你觉得饿吗?不饿……

爱伦告诉我说:"改造过的地球人,就会适应这种没有欲望的生活。"我忽然问:"真的会适应吗?"爱伦说:"当然,你跟我,或我跟你,也要重新适应。"我想想确实是这样。

晚上,爱伦想跟我一起睡。我说:"我不想跟你睡。"爱伦说:"难道你不想吗?"我断然说:"真的不想。"爱伦眼睛红红的了,问:"这怎么可能呢?"我说:"我也不知道。"

爱伦只好打开电脑,进入A星系网络,她要查问个清楚。

输入:一天后的地球人。

回复:90%的人不吃饭,80%的夫妻不亲热。

再输入:三天后的地球人。

回复:饿死10%,住院50%,工厂全部停工。

又输入:十天后的地球人。

回复:在不饿的情况下100%全被饿死。

最后输入:为什么会这样的?

回复:地球人需要欲望,没了欲望就意味着死亡!

戴玻璃帽子的英雄

美丽之城的人只要有一个人得了病,不用过多少时间,全城的人都会得病。

科学家说:这是徐虎惹的祸,他呼出的气体里有不为人知的病毒。

徐虎醒来时发现眼前站着几位戴着玻璃帽子的人。几位戴着玻璃帽子的人见徐虎睁开眼睛了,连忙要把一只玻璃帽子戴在徐虎的头上。尽管徐虎竭力反对挣扎,"我不要,我不要戴啊!"但还是被他们戴上了帽子。

模拟快乐

徐虎戴上玻璃帽子后就听到了一句话："欢迎您来到人间最美丽的美丽之城"。这个美丽之城，徐虎以前听说过，是人间仙境，跟陶渊明的世外桃源一样，是很难进得来的。一旦进来了，又很难出得去。就算能出去，也不知道何时何月了。另外，还得按这里的习惯生活，不能有二心。这些都是在一篇文章当中读到的。

徐虎环视了四周，花是花，草是草，树是树，好像很美丽。他很好奇地问："你们为什么要给戴上玻璃帽子？"有个声音传来："先生，如果您不戴上这种特制的帽子，您很快就会感染上病毒，会致使上呼吸道感染，严重时会呼吸困难，让您喘不过气来。"徐虎又问："你们这里的环境非常美丽，非常干净，为什么空气还会污染？"

有个声音回答："我们的空气非常干净，一点污染都没有，都是经过过滤的。"徐虎更不能理解了，"那是为什么？""因为我们这里的空气中缺少一种人类呼吸时必须的气体成分。""原来是这样啊！"徐虎明白了，戴着玻璃帽子，也不怎么反感了。

这个美丽之城被一个很大很大的透明玻璃罩覆盖着。罩子的四周有四根巨大的管子通往外面。这四根管子，一根是通往很远很远的地方，把那里清新的空气引到这里来；一根是排泄管通往城外，把城里的废气排出去；一根是供暖管，从城外通进来；还有一个管子是备用紧急通道，万一城里发生意外，这根管子可作逃生之用。

徐虎现在不得不面对这里的人与事了。这里的男人和女人真的很美，男人英俊潇洒，女人温柔妩媚。他们都很有修养，彬彬有礼，从不粗声说话，更不会骂人，就算你做错事了，也会非常耐心地教导你。

徐虎做错过一件事，他第一次约人吃饭，这几个人就是他醒来

第一辑　我的眼角流出一条虫

时见到的几位。他点了好多的菜，还有好酒，结果这几位朋友没有一位动筷子。徐虎很纳闷儿："吃啊吃啊！"无论徐虎怎么客气，他们就是不动筷子也不动嘴。对了，吃饭时可以把玻璃帽子摘下来，但时间不能超过10分钟。10分钟后如果还不戴上玻璃帽子，被病毒感染的可能性会增加百分之五十。

问题是徐虎摘掉玻璃帽子远远超过10分钟了，而徐虎摘掉帽子后，就听不到别人说话了。听不到别人说话，就不知道别人想对他说什么。就在徐虎还在劝导他们吃饭时，其中有一位也摘下了玻璃帽子，对徐虎说："徐先生，您点了这么多的菜，我们是没法吃的，按规定我们要立即起身离开，看你是初来咋到，我们破例坐在这里等您吃完；还有您不守规矩，随意摘下玻璃帽子，时间远远超过规定的时间限制。这在我们美丽之城是从来没有过的，这是对我们美丽之城的不敬！"

徐虎听了这话非常恼火，他受不了这样的生活方式，更受不了这样的约束。徐虎气呼呼地站了起来，举起玻璃帽子，当着这几位朋友的面，双手一松，玻璃帽子"砰"地一声，落在了地上，滚了滚，滚到角落里去了。徐虎冷冷地瞪了一眼早已是目瞪口呆的这几位朋友，拂袖而去。

这下子整个美丽之城轰动了。电视报纸上都在报道这位不戴玻璃帽子、不讲美丽之城礼貌、浪费现象非常严重的徐虎。徐虎当作没事一样，该吃时吃，该玩时玩，反正美丽之城的所有开支都是免费的，都是按需供应的。徐虎想要什么，说一声，就会送过来。完全是饭来张嘴，衣来伸手，这样的生活，徐虎以前想都没有想到过，现在却实现了。

当然，徐虎也必须去医院检查身体，这是强制性的。因为徐虎不戴玻璃帽子，为了预防徐虎身体里的病毒向外传播，凡是靠

25

近徐虎的人都要接受检查，徐虎更是每天都要检查，让医生纳闷儿的是：徐虎不戴玻璃帽子十天半月了，竟然什么病毒也没有感染上，更奇怪的是，跟徐虎接触过的人，呼吸到了一种美丽之城缺少的气体，而这种气体正是美丽之城的人需要戴玻璃帽子的原因所在！

检查结果一公布，全城男女老少都来拥抱徐虎，来吸徐虎身上挥发出来的气体，更有甚者，特别是那些美丽漂亮的年轻女子，一点害羞也没有，直接堵住徐虎的嘴巴，猛吸徐虎的气体。徐虎受不了了，白天黑夜都成了供气机。

就在徐虎的精神快要蹦溃时，美丽之城采取一个非常有力的保护措施，把徐虎弄到一个密封的玻璃房间里，让徐虎戴上特制的玻璃帽子，帽子的边上有六根管子通往玻璃房间的外面。就这样，美丽之城的人排队从管子里吸徐虎的气体。凡是吸到过徐虎气体的人都不用戴玻璃帽子了。

好多年过去了，徐虎还戴着特制的玻璃帽子，给美丽之城的人们供应气体。徐虎成了美丽之城的英雄，成了众多美丽漂亮女子的偶像。美丽之城终于成了真正的美丽之城了。只是，美丽之城的人只要有一个人得了病，不用过多少时间，全城的人都会得病。科学家说：这是徐虎惹的祸，他呼出的气体里有不为人知的病毒。

桃花源找缺点

村长问唐汉："您说我们村富不富？"唐汉很肯定地点点头，说："富，富得冒油。"村长很自豪地说："这就是我们全村人找缺点的收获！请您也给我们村找找缺点吧。"

唐汉缘溪而行,忘路之远近。忽逢桃花林,夹岸数百步,中无杂树,芳草鲜美,落英缤纷。这里是哪儿啊？怎么跟陶渊明《桃花源记》中描述的一模一样：复行数十步,豁然开朗。土地平旷,屋舍俨然,有良田美池桑竹之属。阡陌交通,鸡犬相闻。

每家每户都要请唐汉去做客,都是很真诚的,又是很随意的,一点也没让他有陌生的感觉。正是"问所从来。具答之。便要还家,设酒杀鸡作食"。

不过,饭后,主人会对唐汉说："先生啊,您给我们家找找缺点吧,对了,给哪个人找都行！"言之凿凿,一点虚假都没有。

唐汉连忙回答："我刚来,还看不出你有什么缺点。"

主人便说："那好,您找到缺点了,无论如何要说,我们会改好的。"

唐汉真的有些不习惯：现代人都喜欢张扬,喜欢给自己包装,喜欢在放大镜下找优点,哪里还有让别人给自己找缺点的？前所未闻！

唐汉还参加了村民大会。村长汇报了本月寻找缺点的进展情况。村长说："这一个月来经过大家的共同努力,我们共找出108条缺点。在这些缺点当中,有些还比较严重,有些还是作为村长的我由于管理不善造成的。"

村长就108条缺点逐条进行剖析,比如有一条是这样的：那天来了一位过路的老人,他口渴了,我给他一碗水喝,可我不是用双手捧给他喝,而是用一只手很随意地给他喝了,一点也没敬重老人家的意思。

唐汉很意外很新奇,问身边的人："这样也算缺点啊？"身边的人白了他一眼,不屑地说："那当然,就是在有人的地方你放个

模拟快乐

响屁也是缺点。"

唐汉真要"哦"地时，身边的人忽然很坦诚地向他道歉："对不起，刚才我不应该白您一眼。这是我的缺点，一直没改掉，请您批评，请您教导。"眼睛里湿湿的，泛着泪光。

唐汉连忙摆手，"没关系，没关系。"随后又问身边的人："这真是缺点吗？"

身边的人连忙点头，说："您想啊，人与人之间是平等的，友好的。我们村里就是这样，无论才高八斗，还是大字不识，都是平等的，都是村里的一员，都是喝同一口井水长大的，都应该以和相处，以贵待之。"

唐汉感觉到了，无论走到哪里，哪里的人都很客气，都会友好地请他到家里坐坐，请他喝茶，请他吃饭，还要请他找缺点，他们所做的一点也没虚假的感觉，一点也没有不耐烦的表情，都是发自内心的，都是真实心理的表现。

唐汉被村长请去了。村长问唐汉："您说我们村富不富？"唐汉很肯定地点点头，说："富，富得冒油。"村长又问唐汉："您说我们村美不美？"唐汉断然地点头，说："美，美得像桃花源。"村长再问唐汉："您说我们的村民好不好？"唐汉很认真地回答："好，好成一家人。"村长很自豪地说："这就是我们全村人找缺点的收获！请您也给我们村找找缺点吧。"

找缺点真好！找缺点真奇妙！

唐汉很感动，很想马上找出缺点来，可怎么也找不出来，只好告别村长。

村里有几个加工厂，加工的货物都是村里自产的，大都是一些山上的山珍，做得原汁原味，包装也很精致。村里劳动的人分成几块，有务农的，有加工的，有外出跑买卖的，安排得很规范，很科学。

唐汉问一位村人："你们为何老是让人找缺点，村长的工作汇报中，没有成绩只有缺点，这是不是太那个了？"这个"那个"的含义，故意没说清楚。

村人回答："您这位先生有所不知，这找缺点是我们全体村民投票设立的。"

唐汉很惊讶："为什么要设立找缺点呢？"他更不解了。

村人却反问道："您说呢？"

唐汉无言以答。他真的不知道如何回答。

许多天以后，唐汉用心给村里找了18条缺点，对每一条缺点，都作了详细的说明。其中最后一条缺点是：你们老是让人找缺点，就是很要命的缺点！

唐汉是悄悄离开的。到达村头时，他又想起了陶渊明的《桃花源记》：芳草鲜美，落英缤纷。复行数十步，豁然开朗。土地平旷，屋舍俨然，有良田美池桑竹之属。阡陌交通，鸡犬相闻……

唐汉由衷地感慨道："这找缺点真好！"

老实人的奇遇

人生本来就是一个梦，从梦中来，又到梦中去。
梦里幸福与快乐，就是人生最大的幸福与快乐！

那天下班，老实人开着车回家，刚到半路，忽然听到一个声音："老实人，你把车停在路边，自个儿走回家。"老实人很听话地把车停靠在路边，把钥匙拔下，放在座位上。

老实人回头看了一眼自己的新车，就头也不回地走在回家的路上。

老实人走到家，天已经黑了，还没有开门进屋，又有一个声音传来："老实人，你别住家里了。这个家给更需要的人住吧。"老实人把已经取出来的钥匙放在门边，便下楼了，当然，下到转角处，他回首看了一眼心爱的家，就"咚、咚"地下到楼下了。

老实人抬头望了一眼自己家的窗户，却是灯火通明。老实人默默地往小区外走，肚子却已经在"咕嘟、咕嘟"地叫了。他想找家饭店吃点东西，可又有一个声音传来："老实人，你快往前走吧，一直往郊外走，10公里处有一幢小房子，这房子就是你的新家。"

于是，老实人勒紧裤带，咽了咽口水，就大步地往前走了。

一个小时后，老实人到了被指定的房子前，他蹲下身子，在门前摸索着，摸到了一把钥匙，开了房门，里面却是黑黑的。老实人取出打火机来，"啪"地一声，打着了，借着光看去，整个房间空空的，什么都没有。老实人已经饿得前胸贴后背了，他想能找到吃的东西再说，整个房间里他找了整整三遍，终算找到半块红薯。他便用衣袖擦了擦，一口一口吃起来。

这时候，有个声音传来："你吃完后，就睡在这里吧。从现在开始，这就是你的家了。对了，屋前屋后有两块地，你可以种植，但收获不完全是你的。"

老实人心里答应了一声，赶紧把红薯吃完，用手擦了一把嘴巴，就找了一个地方睡了。老实人很快睡着了，还做了一个非常美好的梦，梦里有一位貌若天仙的美女来到他的跟前，含情脉脉地对他说："每天晚上我会在梦里跟你见面，你是我的郎君，我是你梦里的娘子。我们生活在不同的时空当中。只有通过梦才能实现。"

老实人在梦里跟美女谈情说爱，海誓山盟，还结婚了，还同房了……

天蒙蒙亮，老实人就醒来了。醒来后，老实人环顾四周，先是非常吃惊，稍后想起来了，便闭了会儿眼睛，努力让自己镇静下来，然后起来，走出屋外。他深深地吸了一口气，动了动手脚，就站在那里不动了。

老实人看到了一对非常美丽的蝴蝶在花丛中翩翩起舞，又忽地飞上了天际，转眼间不见了。老实人走到蝴蝶起飞的地方，发现有一股清澈泉水在往外冒，便连忙俯下身子去，喝了一个饱。

新的一天，就这样开始了。

老实人在房间里找出了一把锄头，还有一对箩筐，他来到屋前的这块空地上。他先把清泉挖了一个坑，用石头砌一层在边上。这是水源，是他今后生活源泉。随后，他开始整理屋前这块空地，很认真地清理，锄草，翻地，渴了，去喝一口清泉，饿了，也去喝一顿清泉。让他惊喜的是，下午翻地时，他翻到了半箩筐的红薯，他估计可以吃十天半个月的。

晚上，老实人生了火，烤了两个红薯。他吃了一个，还有一个他想留给梦里娘子吃。果然，在梦里，娘子来到了他的身边，吃着他烤的红薯，边吃边说："好吃，好香！"老实人笑笑，又信誓旦旦地说："你放心，我会让你吃上好饭的。"娘子却说："吃什么都没关系，只要跟你在一起，我就满足了。"

这一晚，老实人在梦里对娘子说："今天我累了，想睡了。"娘子说："好的，我陪你睡。"娘子就睡在老实人的身边，相拥而卧。

模拟快乐

老实人早上醒来后，回味了梦里的事，便想："我得去市场买些种子来。"于是，他吃一个生红薯，喝了几口清泉，就出门了。

走到半路，老实人听到一个声音："你梦里娘子只能在梦里拥有，你种的地无论收获多少，都不全是你的，就算你又富裕了，最终可能又会送给别人，如同上次一样，你还愿意去市场买种子吗？"

老实人心里默默地说："我愿意，人生本来就是一个梦，从梦中来，又到梦中去。梦里幸福与快乐，就是人生最大的幸福与快乐！"

老实人说到这里，迎面忽然有一阵风吹来，风里还夹带着一个熟悉的声音："你快回家吧，种子给你买来了。"

最后心愿

你不是说这世界很美好吗？多看上一眼，就是多一份的快乐。
我就是想让我的美芝多一份的快乐，多一份的美好！

那是2060年的秋天，有一对老年夫妇来到我的面前。

"老伯大妈，您们好！"我热情地招呼他们，"我能为您们做些什么吗？"

老伯轻轻地拍拍老伴的手背，然后问我："医生,我们想捐赠角膜,可以吗？"

我当即表示："当然可以啊！"我给他们两份表格，让他们填好后，再送过来。

老伯连声说："谢谢！谢谢！"

第一辑　我的眼角流出一条虫

这对老人手牵着手，迎着秋天灿烂的阳光慢慢地走回去了。

目送着这对老人离去，我有些感叹地自言自语："填了表也是白填，还有谁要角膜？"现在角膜都可以克隆生产了，已经没有患者需要受赠者的角膜移植了。

过了三天，这对老人送来了表格。那时候已经快下班了。

老伯问我："现在有人需要角膜吗？"

我当即回答："还没有。"

老伯叹息道："如果需要，我们可以提前捐赠的。"

我连忙道谢，然后劝慰他们说："您们还是好好生活吧，您们看，这世界多美好，多看上一眼，就是多一份的快乐啊！"

老伯连忙点头称是，还说："谢谢您医生！"

这对老人相互搀着，踏着绚丽的夕阳一步一步地回去了。

晚上，我对妻子说了这事。

妻子思忖着说："这可能是他们最后的心愿吧。"

我想想也认为有道理。

过了一些天，老伯来找我了，这次是他一个人来的。

老伯一见我就说："医生，你帮我想想办法吧，尽快找到需要角膜的患者。"

我非常为难地说："老伯，目前没有一例这样的患者。"

老伯不信，我让他在网上查看国内国外的相关医学信息。

老伯看了后，眼睛湿润了。

我安慰他说："这也好啊，如果有一天要到天国去，就是完整地去报到的。"

老伯却说："我也是这样劝美芝的，可她不听。"

我再次劝慰他说："人的身体来源于父母，去了，就得完整地交还给父母。您说是不是？"

33

模拟快乐

老伯频频点头，嘴里轻轻地叫唤着："美芝，美芝……"

老伯叫唤得真动情。毫无疑问，美芝是老伯爱妻的昵称。

我望着渐行渐远的老伯，心里却是酸酸的，这对老人真恩爱！

回到家，妻子叫我吃饭，我也没回应。因为我忽然想到了一句话："人类最美好的是一个人的最后心愿！"而捐赠角膜是这对老人的最后心愿，如果没人需要角膜，就意味着没法实现愿望了。没法实现最后的心愿了，那是一件多么残酷的事啊！

好多天以后，老伯来了，比上一次来苍老了许多，眼角边还有泪痕。

老伯哽咽着告诉我，他心爱的美芝快要去天国了。他抹去眼泪，断然地说："医生，我要接受美芝捐赠的角膜！"

我惊讶万分，激动地说："老伯，老伯，这，这……可您的眼睛好好的啊！"

老伯非常动情地说："你不是说这世界很美好吗？多看上一眼，就是多一份的快乐。我就是想让我的美芝多一份的快乐，多一份的美好！"

我感动了，我们医院所有的医生护士都感动了。我在电话里对妻子说了，妻子也感动了，妻子喃喃地说："今后我们也这样做！"我含着泪哽咽道："嗯！"

第二天，老伯就用他心爱的美芝的眼睛在看这个美好的世界了。

那一天正好是春天，暖暖的阳光，照在老伯的身上，也照亮了我的心。

第一辑　我的眼角流出一条虫

2222 年仲夏的水

我飘浮在天空中，人类的肉眼根本看不到，但一旦我吸饱了 ABN 厂排出的气体，就会不断地分解自己，不断地降落到水面，水就会发生聚变，最终成为浆糊状。

有一个声音对我说："你将是最伟大的，人类的生命因你而改变。"

我是谁？我是魔鬼，我化作了微生物，飞抵龙城上空。我要做一件惊天动地的事。这件事就要发生了……

张老汉是龙城年纪最大，又是每天起得最早的人。张老汉开了一家手磨豆腐店。这不，他早早地起床后，去搬昨晚浸泡的黄豆。可张老汉面对浸泡黄豆的水桶突然呆住了。原来，浸泡黄豆的水都成了浆糊状。

张老汉颤抖着手伸进了桶里，这浆糊状的东西，软软的，滑滑的，张老汉抓了一点凑近鼻子闻了闻，却有一股淡淡的酸味。嗨！张老汉叹息了一声，一屁股坐在凳子上，发呆。在他的脑海里还没有这样的记忆。

张老汉忽然又想起了什么，忙奔向水池。水池里同样是一池浆糊状，抓起来看看又闻闻，和浸泡黄豆的水一样，酸酸的。张老汉又去开自来水龙头，结果是滴下几滴浆糊状的东西来。

张老汉奔出屋外，直奔河边，借着路灯光，终于看清了，整条河如同三九腊月天全封冻了似的。张老汉不信，下到了河里，淹埋膝盖的同样是浆糊状的东西。

模拟快乐

张老汉坐在河边,低着头,心里异常痛苦,直到红日冉冉升起时,才吐出一句话来,声音也发颤了:"这一天,终究还是来了!"

这是2222年仲夏的一天清晨发生的事。

河边已经聚集好多人了,他们都是从家里奔出来,目光都非常忧虑,表情更是几分恐惧几分困惑。众人见张老汉也在,纷纷围到他的身边。但谁都不敢吭一声——张老汉是城中最德高望重的长者。

这时候,太阳染红了整个城市,热浪一阵一阵地袭来。

那些城市的管理者也来了,脸部表情同样是严肃的,没有半句话。

张老汉忽然站起来对周围的人说:"祭神!"

众人立即散开,给张老汉让出一条道来。张老汉目光炯炯有神,表情非常庄重,大步地走向张姓祠堂。

祭神活动正式开始了,神圣而庄严。锣鼓已经敲响,喇叭已经吹响,众人已经跪倒在地。张老汉身着祭神服装,非常虔诚地跪在神台前。之后,抬头,一字一句地诵读祭语,声音苍凉悲壮——

  神灵在上,万物在下;

  七月流火,龙城断水;

  百姓疾苦,心急如焚;

  城之根本,人之源也;

  人之根本,水之源也;

  水之根本,人之源也……

看到这里,我得意忘形,仰天哈哈大笑:"我成功了,人类的生命存在方式,将从今天开始彻底改变!"

或许有人会问我为什么要选择龙城,那我告诉你也无妨。龙城有一家超大型ABN厂,它排出的气体正是我的食粮,是我的生命之源。如同人类的生命之源是水一样。

第一辑　我的眼角流出一条虫

我飘浮在天空中,人类的肉眼根本看不到,但一旦我吸饱了 ABN 厂排出的气体,就会不断地分解自己,不断地降落到水面,水就会发生聚变,最终成为桨糊状。

人类的祭神活动还在继续,张老汉站立起来,突然仰天大吼一声:"苍天哪!请您睁开眼睛看着我吧!"张老汉曘地从腰间抽出一把尖刀,猛然刺向自己的手臂,顿时鲜血如注,喷向祭坛,喷向盛有桨糊状水的脸盆……

我见状就哈哈大笑:"张老汉,只要 ABN 厂在,就是把你一个人的血全放光了,也绝对盖不过 ABN 气体!龙城也绝对不可能再现滔滔江水!"

ABN 厂不可能停止生产的。ABN 厂是龙城致富的栋梁柱。如果没有了 ABN 厂,龙城的经济绝对要倒退 50 年时间,甚至更多。

就在我暗暗得意时,突然整个龙城在怒吼了,我听到震撼人心的声音:

　　城之根本,人之源也;

　　人之根本,水之源也;

　　水之根本,人之源也……

这声音弥漫在天地之间。江河突然汹涌地上下翻腾,惊涛拍岸。我的胸膛窒息般地难受,我拼命地扭动着身体,大口大口地喘着粗气,贪婪地吸着 ABN 厂排出来的气体。我分辨不清 ABN 厂排出的气体了,我的呼吸越来越困难,我的能量很快地耗尽了。就在我行将成为太空垃圾时,忽然传来一个声音:"我能救你,但你得听命于我。"

我顾不得许多了,连忙答应:"只要你救了我性命,今后一切都听你的!"

于是,我的眼前忽然出现了一只打开盖子的盒子,我连忙钻了

模拟快乐

进去。

就在盖子合上时,我听到了龙城老百姓的惊喜声:"水,回来啦!"

实名制天堂

我们城市的每一个角落,不管是大街还是小巷,都安装了摄像头。

任何角落里如果有违规现象,在几秒钟内就会有人去制止。

好不容易获得一个作家的头衔,便有了一次访问天堂市的机会。这天堂市是目前地球上最富有最安全最宁静的城市,是人人都向往的最美好最喜欢的居住地。

参观完毕,天堂市的市长非常热情地接待了我,说:"你都看到了吧,我们的城市很干净是不是?"这话说得很对,我说:"这城市真干净,干净得连灰尘都没一粒!"

市长得到我非常肯定,又说:"我们的城市没有任何犯罪是不是?"这话说得太实事求是了,我为此惊叹不已。我走访了好多市民,都说过相同的话,这个城市里没有警察没有检察官没有法官,这城市多安全啊!这让我眼红嫉妒得都想留下来生活了。

市长亲自带着我检验这城市为什么没有犯罪。首先,市长让我一起上网,可我的电脑怎么也开不了机。市长做了一个示范,用食指按住显示器,显示屏一下子亮了,电脑启动。市长举起他的食指说:"我这食指就是我在这个城市的通行证,无论做什么,只要把食指按上去,就可以了,否则寸步难行。"

市长输入密码,在他的博客上发了一个帖子,打上一行字"热

第一辑 我的眼角流出一条虫

烈欢迎著名作家徐先生访问天堂市"。市长告诉我："我们城市每一个人都有密码，这密码就是每一个人的出生年月日，也就是身份证号码。"

我悄声地问："市长先生，您是说你们城市里的每一个人的密码都在公共信息系统中，无论是谁，职务有多高，谁也逃脱不了被管理。"市长笑了笑说："对，确实如此！"

市长说着话儿，又带着我上了马路。马路上的人与车井然有序，没有人超车，没有人违章违规，也没有人随地吐痰。市长说："我们城市的每一个角落，不管是大街还是小巷，都安装了摄像头，任何角落里如果有违规现象，在几秒钟内就会有人去制止。"

"市长先生您是说会有人出来制止？""是的。不过，我当市长三年来还没有出现过。"

"那么，请问来制止的人是谁呢？你们这个城市已经没有警察了。""你的问题问得太对了！因为我们的城市没有警察了，所以，如果万一发生什么事，那么离出事最近地方的那个人就会立即去制止。要知道，这是我们城市付诸每一个市民的职责所在！"

市长带我进了路边一所非常漂亮整洁的厕所，上厕所也要按手指，也要输入密码。我悄悄地问："市长先生，听说你们这个城市购买商品也要实名制？"市长断然回答："是的，在我们这个城市无论你买什么东西，哪怕是一包食盐一瓶酱油，都要输入密码，按上手指印。我们城市每一个人一出生，就有了实名制密码。"这想得真是太周到了，前无古人，后无来者。

市长非常严肃地问我："你想过一个问题没有？城市的安全靠的是什么？"我睁大眼睛表示不解。市长说："城市的安全问题靠的就是公开啊！所有的人与事全公开，公开了，都在灿烂的阳光之下了，你说难道还有人敢做坏事吗？"

39

"不敢，绝对不敢！"我底气十足响亮地回答。这实名制真好！真了不起！真给力！不过，我非常好奇地又问了一个问题："请问市长，男人女人亲热是不是也要实名制？"

市长还没回答，一个男子慌慌张张跑来，递给市长一张纸条。市长看了后惊恐失色，急忙丢下我往前奔去。纸条飘落在地。

我很纳闷，拾起纸条，上面白纸黑字写着：老公，我回娘家生孩子了，我们的孩子绝对不能在天堂市出生长大……

水之墙

那是1000年前，龙城突然发生了地震，城里大多建筑都倒塌了。但这堵围墙依然挺立那里。过了几年，龙城一夜之间突然被水吞没了。

公元3020年，龙城考古重大发现：龙城湖三百米深水处，有一道围墙，高五米，宽半米，长三千六百米。围墙的一边还画着很多山水花鸟，民间故事。一边却什么都没有。山水都是龙城的山，龙城的水，民间故事当然是有关龙城的。

这道水之墙的两边都是废墟，都是砖瓦碎片。一边的是砖瓦要好要精致一些，一边却没有一块完整的。对了，这些山水花鸟、民间故事画都是画在砖瓦要好一些要精致一些这边的。

我作为一个业余考古狂热爱好者，当然对这个重大发现抱以特别的热情。我特意去了现场。在一位老人的陪同下，我来到了龙城湖。龙城湖面一平如镜，没有任何鸟儿，没有任何绿色。湖边的山上寸草不生。

第一辑　我的眼角流出一条虫

老人很感慨地对我说："1000年，整整1000年了！"老人告诉我了一个传说，那是1000年前，也就是公元2020年，龙城突然发生了地震，城里大多建筑都倒塌了。但这堵围墙依然挺立那里。过了几年，龙城一夜之间突然被水吞没了。

这就是说，我们现在居住的龙城是后来新建的。

老人还告诉我，湖里没有鱼，没有虾，更没有水鸟。

这是一个死湖！

我回来后便在网络上查找有关龙城的所有信息，由于龙城湖水之墙的考古发现，致使电视网络报纸上都是有关水之墙的报道。在所有的报道中有三个问题值得深思：一是这堵围墙为何在地震中没倒塌？二是在水里经受了千年浸泡又为何不倒？三是这围墙是用什么材料砌成的？当然，让我更感兴趣的是：1000年前为什么要砌这堵围墙？这是我更想要弄明白的。

我知道要弄清楚这个问题，就应该了解1000年前龙城的生活状况，以及那时的文化背景。从相关的资料上看，1000年前的龙城进入了小康生活，大多数居民生活得还是比较富裕的，那时候高楼大厦也不少了，特别是那时候家庭汽车很多。物质生活应该来说还是比较丰富的。

就在我还没理出一个头绪时，龙城的考古界汇集国内外考古专家，考证出了水之墙的成因之谜，初步归纳为三个：

第一个谜：外星人说。这堵水之墙是1000年前龙城被水淹没前，外星人光临龙城时留下的纪念品。这可以在围墙的材料上得到证明。这种材料非常特别，1000年前龙城根本没有这种类似的建筑材料。

第二个谜：传世说。1000年前的龙城为了给子孙万代留下一个记忆，便砌了这堵永远的墙。这可以从墙面上的山水花鸟和民间故事得到印证。

第三个谜：景观说。1000年前的龙城人喜欢看风景，喜欢把美好的事物流芳百世。于是，请著名画家作家们创作了这幅前无古人后无来者的举世长卷！

我不太赞同这三个成因之谜说。我相信其还应该有特别的内涵！但到底是怎么样的特别内涵，我一时也想不清楚。但是，我可以肯定，砌这堵墙时应该是在特别情况下实现的。当然，或许这个特别的原因，现在看来已经微不足道了，但是在那年代肯定是非常非常重要的！

为了寻找这个答案，我去古书堆里追寻。我知道，很多重大的发现，肯定或多或少在文字里会有所记录的。当然，这些记录在哪一部书的哪一篇文章里，就难说了，也有可能在一篇漫不经心的小说里，也有可能在一首情意绵绵的诗文里。

经过整整两年的搜寻与阅读，我终于看到了有关"墙"的小说。这些小说的作者是同一个人，名叫徐寅。他写了一系列有关"墙"的小说。比如在《补墙洞》《拆墙洞》《敲墙洞》等小说里，比较全面地描述了龙城为了迎接卫生城市大检查，特意砌了一堵高墙，把富人区与贫民区分隔开来，特别是在《敲墙洞》的这篇小说里，它所描述的跟现在发现的这堵"水之墙"是一样的，都是这样写道：围墙上画着很多山水花鸟，民间故事。山水都是龙城的山，龙城的水。民间故事当然是有关龙城的。

但是，当我再去查找龙城官方档案时，却发现一个事实：在1000年之前，龙城从来没有砌过这堵围墙！

这就怪了，真的是奇怪了，难道这堵围墙是小说家徐寅虚构的一堵墙？那么，一堵虚构的墙怎么可能真的会成为一堵墙呢？还有泡在水里竟然千年不倒？

我至今仍不得其解。

第一辑　我的眼角流出一条虫

预测未来

张致远忽然特发奇想：我何不把两者结合起来呢？

张致远综合了前面两种预测的未来，毅然走上了一条独特的人生之路。

医科大学硕士张致远快要毕业时，面临着两种求业选择，一是可以很顺利地进市级医院工作，二是可以报考市级公务员，有亲戚会帮他想法录取。张致远一时难以取舍，就想到了许博士。许博士研究发明了21世纪最伟大的科研成果——预测未来仪。

张致远躺在许博士实验床上，许博士亲自为他讲解，亲自操作预测过程。

一、张致远进医院工作后预测的未来

27岁，实习期间，带教老师是一位全国有名的医学教授，他让你掌握了书本里没有的知识。你的实习非常顺利，愉快。你在实习结束时，会遇到一位心地善良容貌美丽的护士。你会对她一见钟情并恋爱。你报考医学博士被录取。

30岁，你跟护士结婚，有了一位可爱的女儿。医学博士毕业再读博士后，医院破格聘请你为副主任医师。

35岁，你被聘请为主任医师，是医院最年轻的教授级主任医师。

43

模拟快乐

40岁，你的医学研究获得国家级重大发明成果奖，所写论文在世界医学领域引起轰动。你被医学院聘请为终身教授。

50岁，你的女儿医学大学毕业后硕博连读。你妻子被医院聘请为主任护士长。

60岁，你的医学成果获得世界最高成就奖。之后，你坚持每天上班，会诊，教学。

100岁，你无疾而终。

预测结论：您是一位充满爱心并拥有杰出成就的医生。

二、张致远进机关单位工作预测的未来

27岁，公务员实习期间，带教老师是一位处长。处长喜欢谈天说地，更喜欢喝酒。本来你的酒量很小，经过一年的实习，你的酒量比原来增长了300%。实习快结束时，你认识了一位年轻漂亮的女子。这女子是市长的女儿。你展开追求攻势，终于如愿以偿。

30岁，你跟市长女儿结婚，并被任命为副处长，并有了儿子。

35岁，你被任命为处长，市里最年轻的处长，你的妻子也被任命为副处长。

40岁，你的岳父退休，你被任命为副市长，市里最年轻的副厅级领导干部。不久，你遇到了人生中让你最心动的女人。这个女人做了你的地下夫人。

45岁，你被任命为市长，正式掌管全市的经济命脉。这期间，你跟不下十位年轻漂亮的女人有两性关系。

49岁，你被"双规"，你被开除党籍开除公职，你被判无期徒刑。儿子考上跟你同一所医科大学。

65岁，你提前获释。你儿子已经是市级医院的医学博士，是最

第一辑 我的眼角流出一条虫

年轻最有声望的教授级主任医师。

70岁，你患病医治无效去世。

预测结论：您具有杰出管理天赋与毁灭的双重身份。

张致远面对这样的未来预测，心里非常不平静，很明显，进医院工作是最幸福的选择。问题在于，当公务员成为市长的诱惑力也非常之大。张致远忽然特发奇想：我何不把两者结合起来呢？张致远综合了前面两种预测的未来，毅然走上了一条独特的人生之路：

27岁考取卫生局的公务员，实习期间认识副市长的女儿，并恋爱。

30岁结婚并育有一子，被任命为卫生局副局长，读在职医学博士。

35岁下派医院担任院长职务，被聘为主任医师，医学院教授。

40岁挂第一作者论文50篇，获得国家重大科研成果奖一项，获得终身教授称号。

45岁被任命上分管文教卫生的副市长，兼医院院长及每周半天的门诊。

50岁被任命为人大副主任，分管文教卫生，兼医院院长及每周半天的门诊。儿子被保送上名牌大学。

55岁被任命为政协常务副主席，分管文教卫生，兼医院院长及每周半天的门诊。儿子大学业，被安排到机关工作。

60岁享受正厅级待遇从政协常务副主席位置上退休，兼医院院长及每周半天的门诊。儿子被任命为副处长。

65岁继续担任医院院长及每周半天的门诊，儿子任命为处长。

70岁时，儿子被"双规"后自杀身亡，不能承受失子之痛，突发脑溢血去世。

模拟外星人入侵

仪器说： 我们外星人倒是从您的回答中找到了人类真正的弱点。

李永远恨恨地问： 什么弱点？

仪器回答： 贪钱！为了钱可以出卖一切！

李永远走进外星人入侵地球模拟中心，美女服务员请李永远坐在一台仪器前面。这台仪器就是模拟外星人入侵地球的，如果李永远能在模拟中成功阻挡外星人，他将获得100万元的奖金，军方还很有可能根据他的模拟回答，构建一套防御外星人的办法。李永远是星球研究所的高级工程师。

仪器提示：李先生，您好！您现在是人类抵御外星人入侵的总指挥。现在模拟正式开始，外星人已经进入地球，您将采取何种措施？

李永远：全面了解外星人的情况，先礼后兵。有朋自远方来不亦乐乎。

仪器提问：外星人已经杀人了，无人可挡。您怎么办？

李永远：人类全部进入地下城堡，将外星人挡在地面上。

仪器提问：外星人知道人类修建了地下城堡，决定采取污染空气的办法，让城堡里没有新鲜空气，甚至释放有毒气体。

李永远：修建的地下城堡是完全与地面隔绝的，城堡里安装空气制造机器。这种用机器制造出来的空气，跟地面上的呼吸到的空气是一样新鲜的。

> 第一辑　我的眼角流出一条虫

仪器提问：外星人准备对地下水放毒，让人类在地下渴死。

李永远：地下城堡是的供水系统是密封的，是循环的，所有的水都要经过消毒过滤，就算外星人放毒，如果这毒水深透进来也完全能够彻底干净地过滤掉。

仪器提问：外星人化作人类，准备进入地下城堡生活，让您放他进去。

李永远：地下城堡入口有十道门把守，全是自动的。只要人类按下他的手印，就可以进入第一道门。问题是，就算外星人能仿造人类的手印，进了第一道门，但第二道、第三道、第四道，都需要人类本人的有效身份证明，比如血液，比如基因，这些基因特征每一个人都是不同的，无法仿造。

仪器提问：您的地下城堡能容纳地球上的所有人类吗？

李永远：能，完全能够！地下城堡就是一座座城市，根据地面上的城市结构进行修建的。人类完全可以在地下生活。

仪器提问：人类的生存需要粮食，粮食没有了阳光是无法生产的。

李永远：科学技术的发展，为我们提供了生产多种多样粮食的可能性。地下城堡里完全可以通过人造小太阳，来获得阳光。

仪器提问：李先生，您是说只要搬进地下城堡就完全有可能抵御外星人入侵了？问题是，外星人已经入侵地球，您刚才的抵御方法仅仅是从保护人类的生命安全出发的。可地面上被外星人占领了，您的方法是不是太被动了？

李永远：是的，我刚才所讲的是保护人类生存的一种办法，但我认为，只有先保护好人类的生命安全，才有可能谈如何去赶走或消灭外星人。

仪器提问：李先生，您有什么好办法呢？

李永远：我在想，外星人之所以能入侵到地球上来，这说明外星人的科学技术是非常先进了。我们人类肯定是无法相比的。哪我们应该跟外星人比什么呢？我想应该比谁的点子多。

仪器问：点子？什么点子？请解释一下行吗？

李永远：这个点子就是去找出外星人弱点。无论哪一种物种，都有其不可替代的优点，同样，也存在着独特的弱点。而这个弱点，就是我们人类进攻外星人的胜利保证。

仪器问：李先生，您认为外星人有什么样的弱点可以供您击破呢？

李永远：比如，他们会不会对某种病毒敏感，会不会对某种食物过敏，比如，对水，对空气，对环境什么的，总之，找出外星人的弱点，我们肯定能战胜他们的！

仪器说：李先生，非常感谢您的回答，我们将请专家学者对您如何抵御外星人入侵的办法进行评估，然后通知是否获奖，请您稍等片刻。

三分钟以后，仪器里传来热烈的掌声，有一个声音传出来：李先生，恭喜您获得一百万元奖金，请服务员把奖金给李先生。

李永远很兴奋，很开心，当场从服务员手中领到了一百万的奖金。

仪器问：李先生，我能再提一个额外的问题行吗？

李永远：行，当然行！

仪器提问：李先生，如果我再给您一份额外的百万酬金，能随意问您或要求您回答问题可以吗？

李永远：可以啊！

仪器问：您能给我提供您的基因图吗？

李永远：当然能啊，这又不是什么秘密，您想要看随时可以登录"地球人类基因库"，账号和密码就是我姓名的拼音全称。

仪器说：非常感谢李先生，我们将根据您提供的建议，及时修正对人类的进攻。对了,忘了告诉您,我就是外星人!

李永远大惊:你,你怎么是……

仪器又说:我们外星人倒是从您的回答中找到了人类真正的弱点。

李永远恨恨地问:什么弱点?

仪器回答:贪钱!为了钱可以出卖一切!

拯救人类

删除"自私"以后的人类,在大街上、在田间地头晒太阳,没人去做工了,没人去种田了,没人去学习了,也没人去竞选市长总统了。三个月后,人类死亡一半;半年后,人类死亡百分之九十;一年后,地球上没有人类了。

他说他是智者,他很认真严肃地说:"你听好了,我是来拯救你们的。"

"真好笑,我们还值得你这老头子来拯救,你省省心吧,照顾好你自己,不给我们添乱子,就是万幸了。"

"现在的人类啊把自己给谋杀了。"他又在说话了。不过,这话听起来倒有点新鲜感。

"你想想看,人类的进化,首先应该是思想的进化,美的进化,文明的进化,道德的进化。而现在恰恰相反,思想越来越陈旧,品行越来越自私。"

我对他有了兴趣,我在听他继续往下说。

模拟快乐

"你可能会不屑一顾,你会说,现在的人多聪明,高科技的产品多了不起啊!你还会说电脑互联网电话,还有汽车飞机什么什么的。但是,你要明白,这些东西的出现,并没有带给人类心灵上的美好,反而是更加自私自利。你看看,现在大街小巷里全是汽车,有了汽车看似进步了,但被汽车撞死的人有多少?告诉你吧,我可以预言,十年后将有近一半的人死于车祸!"

我打断了他的话,我说:"那好吧,我们现在模拟一下没有汽车的日子。"

我让他坐在电脑前,启动了人类模拟系统,删除"汽车"后,大街上没有了汽车,家里没有了汽车,大家都靠走步前行。

他说:"看到了吧,这样的生活多好。"

我看到了,大街上真安静,真干净,空气真好,太阳都笑眯眯了。

就在这时,电脑系统突然"嘟、嘟"地报警,屏幕立即出现一行字:全球将有100000名孕妇要生产,等待救护车去接送。

"请问智者,你说该怎么办?"

"如果没有汽车会怎么办?"

我立即输入"如果没有汽车会怎么办"这句话,电脑很快计算出了结果:将会有39999名孕妇在去医院的路上和她们的宝宝一起失去生命。

他惊愕万分,眼睛睁得大大的:"怎么会这样怎么会这样的呢?"

我没回答他,而是很平静地问:"请问你还有什么要问?"

听我一问,他又来精神了,他说:"现在地球上没有一处江河湖泊是干净的,你看看,你看看,都是化学品惹的祸。如果没有了化学品,肯定会好得多。"

这话我承认,真的,如果世上没有了化学品,这个世界肯定要美丽许多。

第一辑　我的眼角流出一条虫

我轻轻地移动鼠标,打开人类模拟系统,删除了"化学品",新的页面出现:地球上所有的山是青的,所有的水是绿的,所有的空气都是清新的,所有的泥土散发出阵阵芳香。

他露出了笑容,没说话,只是看了我一眼。我当然知道,他看我一眼的意思——那是一种自鸣得意自命不凡自视甚高的目光。

不过,电脑报警系统却"铃、铃、铃"地铃声大作,响得电脑都在颤抖了。我关掉了报警器,点开了"化学品",页面更新后,出现了一句话:现在有近10亿人在等待吃药打针。

他问:"这跟吃药打针有什么关系?"

我回答:"这些药和针全都是化学品做的。"

他试探着问:"如果不吃这些化学药会怎么样?"

我在电脑里输入"如果不吃这些化学药会怎么样"后,结果马上出现了:两亿人将在三天内病死,三亿人将被活活痛死,五亿人将半死不活。

我问他:"你说要删除化学品吗?"

他无奈地摇了摇头,我退出了人类模拟系统。

显然,他很不服气,他说:"人类头脑里的思想是不是应该更新?"

我说:"好啊,您说该怎么更新?"

他回答:"最起码也应该删除自私吧。"

我按照他的话,再次打开人类模拟系统,删除了"自私"。然后,我跟他一起观察被删除"自私"以后的人类——人类都在大街上、在田间地头晒太阳,没人去做工了,没人去种田了,没人去学习了,也没人去竞选市长总统了。三个月后,人类死亡一半;半年后,人类死亡百分之九十;一年后,地球上没有人类了。

他目瞪口呆,问:"难道现在的人类只能这样自私地活着吗?"

51

我很无奈很麻木地说:"是的!"

"现在的人类真可怜!"他泄气地丢下这句话就隐身不见了。

病　毒

骑士回头看了一眼地上的我说:"对不起,美娜,我要享受爱情的美好!"

骑士跟我彻底分离了。我再也感觉不到骑士的存在。我成了永远的魔鬼。

诱惑与毁灭是我的神圣使命。老板制造了我——骑士与魔女的双重身份。

现在,就让我来演绎一番。对,我先以魔女的身份出现在一个男人的视线里。我当然是貌若天仙,当然是沉鱼落雁。就这样,男人一见我就笑了。男人是千万富翁,男人前途无量。

我对男人妩媚一笑:"你回家去吧,家里有你的新婚娇妻,有你贪恋的婚床。"

男人断然而又好奇地反问:"娇妻是谁?婚床是什么?没听说过。"

我笑了,真的笑了,发自内心的笑。我说:"你还是男人吗?是男人就应该对家负责。你快回家吧,你回家了,我同样会想着你的。"我真的是这样想的。一个男人可以对外面的女人动心,但是,家是他的永远。

男人呵呵地笑了,男人笑起来时真可爱真天真。这让我想到了一句话：男人在他所爱的女人面前永远是个长不大的孩子！

男人说："我不想离开你，哪怕一分一秒也不愿意！"

我就说："好啊，你可以不离开我，但必须答应我一个条件！"

男人断然表示："只要能跟你在一起，哪怕把全部财产都给你也愿意！"

男人中计了，真的是中计了。

我说："那好啊，你签字吧。"我递给你男人一份文件，文件上只有一个句话：如果你想得到我，你得放弃所有的财产。

男人看了，眼睛也不眨一眨，就签上了他的大名。

男人成了穷光蛋！

男人说："我有你啊，还怕什么！"

是的，男人有我，还怕什么呢？可是，我不能真正地爱上男人，我知道自己的使命。

我带着男人去见她的妻子安娜，我把一份文件丢在她面前，还冷冷地对她说："你看看吧，看好了，请马上走。"

安娜看了后却非常冷静，问男人："这是真的吗？"

男人没抬头，也不敢发出声音。

我就说："你说吧。说了，我就是你的了。"

男人便抬起头来，男人对着他曾经的妻子说："你走吧，这不是你的家了。"

安娜就这样走了，走时还回过头来，冷冷地对我说："你等着吧！"

我冷笑一声，平静地说："我会等着的。"

是的，我会等着的，我为什么不等着呢？

不过，我的身体马上分离出一位年轻的骑士。英武，帅气。

骑士来到了马路上，靠在一棵树上晒太阳，阳光很温暖，很灿烂。

安娜哭哭啼啼从前面走过来。

53

模拟快乐

骑士看到了，特意横了一根树枝在马路上。

安娜不小心被树枝绊倒了，就要绊倒在地的瞬间，骑士飞奔过去，用自己的双手牢牢托住了安娜的身体。安娜的目光跟骑士的目光相遇了，奇迹出现了。安娜的脸红了，红得好看。骑士的脸也红了，红得紧张。

安娜慌忙地说："谢谢！谢谢！"

骑士扶正安娜，只看了一眼安娜，就想离开。安娜却叫住了他——

"先生，您能陪我一程路吗？"

骑士勇敢地点了点头。

就这样，骑士跟安娜认识了。

有一天，骑士给安娜送上一束玫瑰花，还单腿跪倒在安娜的跟前，说："安娜小姐，我将用我的心永远爱你！"

安娜却反问道："是用真心的吗？"

骑士断然回答："当然！哪怕让我去死，也爱你！"

安娜说："我不要你去死，如果你替我去完成一件事，我也会爱你！"

骑士说："请讲。"

安娜就讲了，讲了她跟男人的爱情，讲了她的男人被美女勾引抛弃她的故事。安娜说："如果你能答应我杀了那臭女人，你想要什么，我都答应你，哪怕是我的生命！"

骑士答应了，骑士说："你放心，我一定帮你杀了她！"

就这样，美女倒在了骑士的怀里，骑士享受着从未有过的甜蜜爱情。

当然，骑士头脑很清醒，骑士面对美丽的身体，已经想好了下一步的行动。

天亮了，骑士带着安娜来到了一个树林里。骑士说："你躲在树丛里，等会那臭女人来了，你看我怎么收拾她！"

安娜很感动，嘱咐骑士："小心，你要小心。"

骑士点点头。

只一会儿工夫，我就出现了，骑士毕竟是骑士，他对我说："你先动手吧。"

我就先动手了，其实，我是假动手，我是故意让骑士杀了我——我是魔女，我也是骑士嘛！

骑士果然一剑把我给结果了。

我躺在了树底下，阳光穿过树叶，照在我的身上。

我知道接下来的一步，骑士会对安娜说："你答应过我的，只要我杀了她，哪怕让你去死也愿意。现在，我成全你。"骑士把剑丢在安娜的面前。

可是，这一幕，迟迟没有出现。

骑士搂着安娜说："这下子好了，我们可以永远在一起了。"

骑士回头看了一眼地上的我说："对不起，美娜，我要享受爱情的美好！"

骑士跟我彻底分离了。我再也感觉不到骑士的存在。我成了永远的魔鬼。

第二辑　上帝寻找上帝

　　上帝心中大喜,问:"假如真的让你做上帝,你愿意吗?"张小子回答:"不愿意!做上帝哪有我快乐自在。"上帝很吃惊,便诱导说:"你做了上帝,能让你的父母亲赚很多的钱呢!"张小子说:"那样的话,我这上帝还能管理好这个世界吗?"说着,张小子跟上帝道别,说要帮父母去摆摊卖水果。

　　上帝眼睛湿湿地望着张小子的背影,由衷地敬畏道:"你才是我的上帝啊!"

上帝造人新说

　　第三次的造人构思又渐渐地露出了水面:人应该是有智慧的,应该有能力的,这能力与智慧也应该是相当的,人的寿命应该是有限的,让其在有限的生命里做他要想做的事。

　　上帝忽然感到很孤独寂寞,便决定造人。上帝最先构思造的人

第二辑　上帝寻找上帝

是这样的：人应该跟上帝一样，有一样的聪明，有一样的智慧，有一样的能力，当然还有一样的长生不老，总之，有一样的超自然的能力与智慧。这样，人才能跟上帝聊聊天儿，谈天说地，说古道今。上帝经过这样的反复考虑之后，人就这样被模拟地造出来了。

人一被模拟造出来后，跟上帝说的第一句话是："哈哈，你是谁呢？难道你是我另一个我吗？"你看你看，这话说得让上帝多尴尬。上帝又不能对人说："你是我造出来的。"上帝只好笑笑，什么话也没有。

这下子反而把人的话盒子给打开了，"你想过没有，这世界啊这宇宙啊，就让我们俩好好来管理管理吧，对了，你好像不太喜欢说话，不太喜欢出头露面，那这样吧，什么事情都让我来做好了，反正我有的是力气，有的是能力你说是不是？"

上帝暗暗叫苦，这人要跟自己平起平坐了，还要共同管理这个宇宙这个世界，特别是这人万一在某一方面超过了自己，那就麻烦了，没有谁可以控制他了。上帝想到这里，只好把造人的构思重新进行设计：这超自然的能力，这人是不能获得的。没有了这超自然的能力，这人肯定不能争霸天下。于是，第二次人的模拟就这样造出来了。

人第二次的模拟一造出来，人就拍拍上帝的肩头说："我知道你很孤独很寂寞，这天下呢是属于你和我的，既然属于你和我的，那么，你的孤独就是我的孤独，你的寂寞当然就是我的寂寞了。这样好不好，你就天天跟着我吧，我会做很多事情的，我很会享乐，我还会破坏世界，你看着我做这做那，就不会孤独寂寞了，你说是不是？"

上帝看着眼前的人，忽然在想：这人怎么会一造出来，就会说这种不知天高地厚的话？而且有这么强的权力欲，仿佛是一种生来

57

模拟快乐

具有的本性在使然。如果再让人长生不老，永远跟这样的人相处，还让他来管理这个世界，那肯定是忍受不了的，也太不可思议了。上帝只好否决了第二次的造人构思。

第三次的造人构思又渐渐地露出了水面：人应该是有智慧的，应该有能力的，这能力与智慧也应该是相当的，人的寿命应该是有限的，让其在有限的生命里做他要想做的事。这样的话，人的生命结束后应该有新生命来延续。这也算是另一种的长生不老吧。那么，新的生命如何来延续呢？这让上帝很为难。上帝本来是打算只造一个人的，造人的目的也只是为了排除一下自己的孤独与寂寞。看来只造一个人是行不通的。主要是这人如果厉害过头的话，就不会把上帝放在眼里了。

基于这样的考虑，上帝终于痛下决心，决定造两个人。让这两个人的生命行将结束时，能有新的生命诞生。于是，上帝就造了两个人，一个男人，一个女人。男人跪拜在上帝的面前，感激涕零地说："我的上帝啊，我的生命是您给的，我的一切都是属于您的，从今往后，哪怕是上刀山下火海，只要您一句话，就万死不辞！"

这真是太让上帝感动了，上帝的泪水都感动出来了。上帝微微地笑了笑，让男人站在一边。这时候，女人也跪拜在上帝的脚下。女人情真意切地对上帝说："我的上帝啊，您是我永远的爱人，从今往后，我只属于您——是您终身的奴仆！"这女人多美丽啊多可爱啊多漂亮啊，有这样的奴仆陪在身边，还会孤独还会寂寞吗？

这男人和女人对上帝又非常尊敬，处处看上帝的眼色行事，事事按上帝的指示精神办。他们所做的任何事，都让上帝很满意很称心。于是，上帝很开心地把模拟造好的男人和女人激活了。激活后的男人和女人，无论是感动还是伤心难过时，都会说声"哎呀我的上帝"。这话让上帝听了非常受用。但也让上帝万万没想到的是，这男人和女人一接触后，竟然是一年造一个人，而且这人一造起来就没完没了，这人造人，上帝事先没想到过，故也没法控制。没过多少时间，这宇宙这世界上全是男人女人了，反而没有了上帝落脚的地方。

这让上帝很不高兴，也很后悔不该造男人和女人出来。不过，也有让上帝值得欣慰的事，上帝没有给人以超自然能力与超智慧。所以，这人一出生，就得像牛马一样地拼命学习和工作，来获得智慧与能力。想到这里，上帝"嘿嘿"笑笑，又感叹一声："哎呀我的上帝！您真伟大啊……"

上帝请客

局长很有兴趣，当即表示："我可以赴宴，但您得给我保证。"

"保证什么？"上帝问。

局长说："保证您请客的地方没有摄像头，保证不会被好拍者拍摄，保证饭店的服务员厨师还有食客不会录音，这三点您能做到吗？"

上帝来到一个叫做龙城的地方。这里山清水秀，空气清新，是休养生息的好处所，他准备在这里住一段时间。

住了几天后，上帝想请客，便去见龙城的最高领导。这位领导听了上帝的来意后说，"不行不行绝对不行，我们绝对不能参加您

模拟快乐

的宴请，但我们可以请您吃个便饭，毕竟您是上帝嘛！"

上帝坚持说："我是请你们吃饭，而不是要你们请我吃饭。这个程序请不要颠倒了。"领导说："我明白您的意思，但是，现在我们这里的官员没有一个会赴宴的。"领导还解释了不能赴宴的理由。上帝说："这个我能理解，问题是你们以前也都是这么吃喝的，为何现在连吃一顿饭都不敢了呢？"

领导有点难回答，但还是实话实说，"以前赴别人的宴，是不会免职的，而现在不同了。"上帝说："你是说如果赴我的宴席，你有可能被免职。"领导点了点头，"现在的情况就是这样的。"

上帝觉得很有意思，吃一顿饭要免职，这是不是太严厉了点。上帝想既然最高领导请不到，就请小一点的领导吧。上帝进了管理局，说明了来意。局长很有兴趣，当即表示："我可以赴宴，但您得给我保证。"

"保证什么？"上帝问。局长说："保证您请客的地方没有摄像头，保证不会被好拍者拍摄，保证饭店的服务员厨师还有食客不会录音，这三点您能做到吗？"上帝回答："我试试。"局长说："我等您电话。"

上帝找了一家很漂亮的酒店，服务员一个个都很漂亮，很有礼貌，大堂保安英俊潇洒，彬彬有礼。上帝想，就选这里吧。

上帝问前台服务员："请问你们这家酒店有摄像头吗？"服务员回答："当然有啊，我们酒店内外有一套全自动控制的摄像系统，每一个角落都会纳入监控范围，先生您尽管放心住在我们酒店吧，吃住玩一条龙服务，让您享受到神仙般快乐！"

上帝想这不行，只好换了一家小酒店。这家小酒店在小巷里，很干净，服务员年纪比较大，门口没有保安，他们说的是本地话。上帝正想上前询问，从路边过来一个年轻人。年轻人问上帝："您

第二辑　上帝寻找上帝

是来这里吃饭的是吧。"上帝回答："想看看。"年轻人说："您想在小饭店请客是不是怕大酒店被人拍到是吧？"上帝感到不好回答。年轻人又说："现在大酒店都被监控了，而这些小酒店菜的味道也不错，环境也干净，正好是请客吃饭的好地方，不过，我跟您说吧，您千万别在这里请客，对面楼上有记者。"

上帝顺着年轻人的手势往对面楼上看，果然有好多人影在窗口晃动。上帝问："怎么会有这么多的记者？"年轻人说："很多都是业余的，拍了有意思的东西传上网，网民争相传看。"

如果请局长在这里吃饭被拍，那麻烦就大了。上帝重新找了一家很偏僻的很小酒店，只要一间店面，三四张桌子。上帝看看还算干净，便上前问老板。"如果我在这里请客吃饭方便吗？"老板当即表示："当然方便啦！"老板说着从裤袋里掏出手机，递给上帝看，"您看看，我这里免费无线上网，您想吃到什么时候可以上到什么时候，想发个图片到网上也很方便。您看，这就是刚刚来吃饭的人点的菜，我全部发到网上了，很漂亮是吧。"

上帝头上冒汗，"这，这，你，你真的会把菜呀什么的都发到网上去。"老板说："那当然，你看这是我做的菜，这是我的客人，这人年轻吧，帅吧，这女的，漂亮吧，她的樱桃小嘴很性感是吧，哦，还有这个，他是局长呢，吃了我做的菜连声说好，还说以后还会来……"

上帝连忙告辞，忽然感到很无奈，这客还请不请呀？这人间真是太有意思了，前不久想怎么吃就怎么说，大店小店，全是食客，现在倒好，嗨……

正在上帝叹息时，有一位年轻漂亮的女士来到他的面前，问上帝是不是为请客吃饭的事为难，她说有办法做到绝对安全，便带着上帝来到了一家私人会所。

61

这里果然有吃客，桌上的菜很丰盛，吃者都很安静，一点声音都没有。女士解释说："防空中有耳，但绝对安全。"

"天知地知你知我知，世上没有人不知道的地方。罢，罢，罢，不请客也罢。"上帝叹息道。

不过，上帝会经常请打工者的客，他们都很乐意，没有一点顾虑，都争相敬他的酒，夸他是世上最伟大最慷慨的上帝。

上帝感到特舒坦，特踏实，由衷地说：真好！

上帝寻找上帝

上帝心中大喜，问："假如真的让你做上帝，你愿意吗？"
张小子回答："不愿意！做上帝哪有我快乐自在。"

上帝忽然觉得管理这个世界有点累了，便想找个代管者，好让自己脱出身来休息休息，或去周游一下世界，享受享受美食，特别是中国的美食。上帝看到中国的电视上正在播放"舌尖上的中国"，那美味那佳肴，让他垂涎欲滴。上帝睁大眼睛挑选符合他要求的代管者，终于锁定了中国的一户人家。这户人家祖孙三代，在现实生活中都跟管理有关。爷爷六十岁，退休前曾经做过处长；父亲三十五岁，管理科科长；孙子刚满十岁，机关小学三年级班长。

上帝找到了当过处长的这位爷爷。上帝问："假如您是上帝，您会怎么样来管理这个世界？"这位爷爷白了一眼上帝，问："你是说假如是吧？"上帝点了点头，"是的"。这位爷爷说："假如我是上帝的话，在我管理这个世界之前，我要先做一件事。这件事太伤我心了。"上帝说:"您说吧,一定先满足您。"这位爷爷恨恨地说:"他妈的那个张山哪一点比我强了?啊!他,他是副厅,退休了竟然享受正厅的待遇!这太不公平了。假如我是上帝,我就先给自己弄个正厅,不,弄个副省级的退休待遇!看他在医院看病住院时还敢在我面前称威摆阔!"

上帝非常伤心,只好去找当科长的这位父亲。这位父亲春风得意,正在跟美女聊天。上帝等美女离开了才问他:"假如你是上帝,让你来管理这个世界,你想怎么管理?"这位父亲却反问上帝:"您是说假如我是上帝让我来管理这个世界是吧?"上帝点了点头:"是的。"这位父亲瞧了一眼上帝问:"我可以先提个问题吗?"上帝回答:"可以。"这位父亲的面孔一下子拉长了,非常严厉地问:"你有证明你是上帝的文件吗?"没等上帝回答,这位父亲从抽屉里取出一张纸,道:"你看看,这是任命我当科长的文件,你有这个吗?"上帝回答:"没有。我作为上帝是用不着谁来证明的。"这位父亲猛然立起身,手指着上帝怒喝道:"你这个精神有问题的,来我这里捣什么乱啊,给我滚!"

上帝滚出了这位父亲的办公室,滚到了当班长的这位孙子的学校门口。那时候刚好放学,这位孙子背着书包出来,站在校门口等他的爷爷来接。上帝抓紧时间上前去问话,"这位同学,我问你一个问题好吗?"这位孙子说:"好啊!不过,我回答了你的问题,你得帮我做一件事。"上帝想想说:"好的。"上帝想肯定是买吃的或玩的东西吧,于是上帝问:"假如你是上帝让你来管理这个世界,你想怎么管理?"这位孙子想都没想就回答:"假如我是上帝的话,就让天下好玩的统统归我所有,我想怎么玩就怎么玩,让天下所有的同龄人都来陪我玩,谁不陪我玩,我就让他没好日子过!"

模拟快乐

上帝非常难过，可还没走出两步路，这位孙子叫住他，"我回答了你的问题，你得帮我做一件事。"上帝忽然转身一想：他说不定让我做一件好事呢。于是，上帝很热情地问："你说吧是什么事？"这位孙子愤愤不平地说："那个张小子每次考试成绩都比我好，你帮我搞定他，以后考试让他倒数第一！"

上帝想回答"是"也不好"不是"也不好，只好呵呵笑笑，去见那个张小子。这个张小子长得黑黑瘦瘦的，眼睛亮亮的，正走在放学的路上。上帝上前拦住了张小子——突然倒在了张小子的面前。张小子见状急忙蹲在他的身边，急切地呼叫："大爷，大爷，您醒醒您醒醒……"上帝故意没醒来，这张小子便求人打120并报警。上帝见张小子急得要哭了，于是吐出一口气就醒了过来。张小子连忙问："大爷，您醒啦您醒啦！"

上帝点了点头，问他："我问你一个问题好吗？"张小子说好啊。上帝问："假如你是上帝让你来管理这个世界，你想怎么管理？"张小子回答："假如我是上帝的话，刚才就不用急着打电话求救了，我完全可以轻松地救您！"

上帝心中大喜，又问："假如真的让你做上帝，你愿意吗？"张小子回答："不愿意！做上帝哪有我快乐自在。"上帝很吃惊，便诱导说："你做了上帝，能让你的父母亲赚很多的钱呢！"张小子说："那样的话，我这上帝还能管理好这个世界吗？"说着，张小子跟上帝道别，说要帮父母去摆摊卖水果。

上帝眼睛湿湿地望着张小子的背影，由衷地敬畏道："你才是我的上帝啊！"

第二辑　上帝寻找上帝

上帝给的机会

上帝说："你还有第三次机会。"

李永和说："我也很想要这第三次机会，但是，请您不要再给我了。"

上帝很意外："为什么？"

李永和说："中国人讲究一而再，再而三，万一第三次机会又失去了，那今后什么机会都不会有了。"

李永和的情绪很低落，睡前叹息道："我的命运怎么会这么不好，工作不理想，银行里没存款，年近三十连女朋友都没有，我以后的日子怎么过才好啊！"

李永和是怀着这样的心态进入梦乡的，在梦里见到了一位白发苍苍的老人。老人很和善，很慈祥。李永和问："您是谁？"老人回答："我是上帝。"李永和惊喜："您真的是上帝吗？"老人笑了笑回答："是的。"李永和跪在上帝的面前，请求道："上帝啊您就帮帮我吧，让我也过快乐幸福的日子。"上帝让李永和起来，对他说："你的情况我知道，这样吧，明天早上天亮时你到湖边，在第三张椅子下面有一只密码箱，箱子里面的钱，够你生活娶媳妇了。"李永和大喜，连忙叩头感谢上帝。

梦醒后，李永和越想越觉得好奇，天还没大亮就来到湖边，找到了第三张椅子，在椅子下面果然有一只密码箱，箱子里面全是钱。就在李永和激动万分时，忽然听到有人喊"救命"，只见一位女子

模拟快乐

被三个男人追赶着,那女子"扑通"跳湖了,三个男人却快速地离开。李永和顾不得许多,忙冲过去跳进湖里救人。

被救的是一位年轻又漂亮的女子。女子很感激,尽管说话时女子在发抖,但李永和最后弄清楚了事情的原委。原来女子下火车后误上一辆面包车,车上的三个男人对她动手动脚,撕去了她的衣服,女子拼命挣扎,跳了车,逃到湖边,见三个男子围堵上来无处可逃,只好跳湖。李永和恨恨地骂道:"这些狗娘养的畜生!"

李永和问明女子要去的地方,就打的送她到了目的地。女子很感激,一定要让李永和留下电话,李永和执意不留。李永和回来的路上想起了那箱子钱,返回去时却什么都没有了。

当天夜里,上帝又走进了李永和的梦里。李永和感慨道:"如果不救那个女子,那一箱子的钱够我花一辈子了。"上帝说:"我知道你救了人,做了好事,这样吧,明天早上天亮后,你还是去湖边,还是那个地方,你会看到一位摔倒在地的晨练老人。你赶紧过去扶他起来,送他去医院。那老人的儿子是集团公司董事长,他会给你很好的工作,估计你能做到总经理的职位。"

梦醒后,李永和怎么也睡不着了,天还没大亮,就出门了,可刚走到大马路口,他亲眼目睹了一场车祸——一位老太太从弄堂里出来时,被快速行驶的汽车给刮倒了,汽车扬长而去。

李永和跑上前去,蹲在老太太的身边。老太太身上全是血,在痛苦地挣扎喊痛。李永和连忙拨打120和110,还不时地安慰老太太:"老人家,您会没事的,救护车很快会来的,您放心吧……"没过多少时间,救护车和警察到了。送老太太上车后,李永和接受警察的询问。

接受完询问,李永和才想起去湖边的事,连忙跑过去,湖边全是人,有老人,有妇女,有小孩,根本没有摔倒地的老人。李永和

第二辑　上帝寻找上帝

又失去了一次难得的机会，心里不免有点后悔，也有点心痛。

李永和在梦里问上帝："您给了我两次机会，我都没把握住，您说这是不是我的命？"上帝回答："是的，这真的是你的命，不过，你还有第三次机会。"李永和说："我也很想要这第三次机会，但是，请您不要再给我了。"上帝很意外："为什么？"李永和说："中国人讲究一而再，再而三，万一第三次机会又失去了，那今后什么机会都不会有了。"上帝很感动："好，我听你的。"

李永和梦醒后，天已经大亮，便去湖边锻炼身体，却意外地遇到了那天早上被救的女子。这女人是特意来找李永和的，说要好好感谢他。后来，这女子成了李永和的妻子。更让李永和没想到的是，那个被车撞的老太太伤愈出院后，在儿子的陪同下也找到了他，还请他到她儿子的公司上班，她儿子是公司董事长。

有一天晚上，李永和在梦里问上帝："这些都是您重新给我安排的是吧？"上帝笑笑说："不是。"李永和追问："难道真的不是吗？"上帝非常认真地回答："是的。"从那以后，李永和在梦里再也没见过上帝了。

替罪羊

上帝的秘书问上帝："人类很不自重自爱，贪得无厌，毁了家园，毁了自己，怎么能让您承担责任呢？"

上帝耸耸肩很无奈地回答："谁要我是人类的创造者呢！"

人类选出甲乙丙三个代表去责问上帝。那时候上帝正忙着给动

模拟快乐

物做报告，代表们对上帝的秘书说："你，对，你现在就去转告上帝，如果他不马上来见我们，那所造成的一切后果都将由他承担！"秘书吓得屁滚尿流去向上帝汇报了。没过多少时间，上帝在秘书的陪同下急匆匆地来见人类的代表。

甲代表首先发问："上帝，你在创造人的时候，是不是有私心？"上帝有些不解："您为什么这样问？"甲代表非常严肃地说："如果在创造人的时候没有私心的话，那么你所创造出来的人怎么会有私心呢？"上帝解释说："这个不是这样来理解的，应该是那样来说的。"甲代表严厉地喝道："请你严肃点，不要用这种模棱两可的话，'是'就是'是'，'不是'就'不是'！听清楚没有？"上帝点头称是后说："我创造人的时候，确实有私心，当时我在想：如果我所创造出来的人有私心，那作为创造者的我就可以永远控制他了。"甲代表冷冷地问："难道只是这么一点私心吗？"上帝当即发誓道："天地良心，绝对不敢骗您的！"

甲代表的表情非常严肃，"正因为你的一点私心，害惨了整个儿人类，这个责任理应由你来承担！"上帝连忙辩解："这个怎么能让我承担呢？"甲代表说："你创造出来的产品发生了问题，难道要让产品自己负责吗？"上帝瞠目结舌，"这个，这个……"甲代表问："这个责任你准备如何承担？"上帝用纸巾擦了擦额头上的汗珠，回答："我将向天下宣布，人类的一切私心都由我负全责！"甲代表满意地说："我等着你的实际行动！"

乙代表接过话头问："从现在的情况分析，你创造人类的时候，是不是很懒惰不愿意精工细作？"上帝悄悄地回答："好像有一点。"乙代表眼睛盯着上帝忽然严厉地喝道："快说实话！"上帝说："当时我累了，不想动了，心里在想，这创造人真累啊，如果能休息休息多好啊！这想法一出来，我的眼睛就闭上了，真的睡着了，当睁开眼睛时,发现创造的人跟我一样睡着了。我知道这懒惰的行为已经创造到人的基因里去了。"

乙代表冷冷地问:"这么说这完全是你不小心造成的?"上帝回答:"是的,真的不小心。"乙代表问:"难道没有你主观上的因素?"上帝连忙说:"没有。"乙代表追问:"难道真的没有吗?"上帝不敢看乙代表的眼睛,低下了头回答:"有,是我主观上造成的,是我想偷懒一下,我当时在想,这人又不是我自己,我干吗要创造得如此完美呢,就是这一个念头,让创造的人有了懒惰的基因。"乙代表悄声地问:"你知道应该负什么责了吧?"上帝忙表示:"我告示天下:人类的懒惰都是由我造成的,全部责任由我来承担,决不影响人类的声誉!"

轮到丙代表责问上帝了,"你现在是不是缺钱花?"上帝回答:"不缺。"丙代表问:"真的不缺吗?"上帝回答:"真的不缺。"丙代表说:"那我问你,刚才,就是刚才,你给动物们做报告,是不是要收报告费?"上帝面有难色解释说:"这个,这个,这个是劳动报酬嘛!"丙代表问:"请问你需要这份报酬付生活费吗?"上帝回答"不需要。"丙代表问:"既然不需要付生活费,你给动物作报告为什么要收报酬?"上帝想了想回答:"这个问题是这样的,如果我不收报酬,动物们会看不起来我的,认为我没有什么水平,一旦要收很多的报酬,他们就会敬重我,就会对我顶礼膜拜!"丙代表冷笑一声,说:"我明白了,原来人类'贪婪'的根源就在你身上!当你这个创造者有这种贪婪思想,有形无形都会反映到你所创造的人类身上。一直以来,我以为人类的贪婪是人的本性,原来,这是你上帝的本性,而你的本性,却要让人类来承担责任!你说,这个恶名你要不要承担呢?"上帝只好真心诚意表示:"我承担我承担,这个恶名由我承担!"

模拟快乐

人类的甲乙丙三个代表得到了上帝的书面承责后,便心满意足地回去了。上帝的秘书问上帝:"人类很不自重自爱,贪得无厌,毁了家园,毁了自己,怎么能让您承担责任呢?"上帝耸耸肩很无奈地回答:"谁要我是人类的创造者呢?"

重新造人

新人类快要饿得奄奄一息,由于大多数食物突遇的病毒感染,新人类的食物不够每人一份,结果所有的新人类谁也没下筷去吃,他们为了维护高尚的品质,为了维护新人类的平等与公平……

创造出人类是上帝最伟大的成就,也是他最引以为自豪的事。但人类并不买他的账,认为现在人类的一切缺点都是上帝造人时没有选择好基因造成的。人类坚决要求上帝重新造人,否则,要罢上帝的官,改写上帝造人的历史。

上帝为了维护自己至高无尚的荣誉,决定重新造人。造人前,上帝跟人类开了很多次研讨会,探讨新人类的面目。人类也提出了新人类的基本要求:一是无论是男人女人还是管理者与劳动者一律平等;二是无论男人女人还是管理者劳动者在机会前面一律公平;三是无论是男人还是女人无论是管理者劳动者,人人拥有相同的梦,人人拥有美好的明天……人类向上帝提出了数百个要求,让上帝把这数百个要求都结合起来,让人类完美无缺,经典绝版。

上帝花了九九八十一天时间,把新人类造出来了。果然,新

第二辑 上帝寻找上帝

人类跟旧人类大不一样，跟人类所要求的一模一样，不差分毫。人类经过对新人类的反复测评，一致同意让天下所有的人类改换成新人类！

上帝动用了特殊的宇宙能量，一夜之间，天下所有的人都换成了新人类。新人类就是不一样，原来非常平常又不好的习惯没有了，比如随地吐痰，比如横穿马路，比如公众场所大声喧闹等等；人性方面更是完美，比如无论是管理者还劳动者，在利益面前相互谦让，都是一律平等、公平，机会都是一样，没有贵贱之分。特别是年轻人谈情说爱，什么房子钱财都统统地忽略不计，人品是第一位的，爱情是第一位的，新人类出现了真正以爱情为目的婚姻。

上帝非常得意，非常自豪，有着无以伦比的新成就感。他很欣慰地想：我终于可以高枕无忧，可以周游宇宙世界，享受中国的美食了。

这天，来了一位新人类的管理者，带着建议的口气跟上帝说："我敬爱的上帝，月有阴晴圆缺，人有悲欢离合，世上万物都有不完美的地方，这新人类也应该如此。这管理者与劳动者平等，虽然非常好，但遇到具体问题时，到底是谁管理谁啊，您说是不是？"

上帝想想有道理，便问："哪你的意思是不是要求我改回到原来的样子？"新人类管理者回答："这个嘛是由您来决定的，毕竟您是新人类的创造者嘛！"上帝想了想说："好的，我会考虑的。"

上帝还没有把管理者的要求付诸实施，又来了一位富翁。富翁说："敬爱的上帝，您在造新人类时是不是忘了增加了一项内容，比如我们这些富人是不是应该享有特权，现在倒好，如果跟老婆以外的女人相好，大家都会来批判我，弄得我抬不起头来。这怎么行呢？毕竟我们是财富的拥有者嘛，随时可以让工厂停工，您说是

71

模拟快乐

不是？"

富翁走了以后不久，来了一位白发老人，老人双手打揖，直言不讳："上帝老兄啊，您想过没有，人类靠的是什么发展的？人类靠的是人的欲望发展的，如果人类的欲望没有了，跟我这老头一样了，那么人类就没有发展的动力了。"

上帝辩解说："我没有把新人类的欲望剥离掉啊！比如爱的欲望，比如情的欲望，加强了许多。"老人说："这一点我体会到了，现在的人类没有一个人做坏事了，人人很有礼貌，品质超群，问题是，没有一个人做坏事了，是不是也就是说没有一个人做好事了？"

上帝愕然。老人说："您抽空再好好考虑下吧。"上帝望着老人的背影，想："怎么样的人才是人类真正喜欢的呢？"上帝苦思冥想也想不出一个结果出来，索性去另外的星体散心去了。

当上帝回到地球上时，出现惊人的一幕：新人类快要饿得奄奄一息，由于大多数食物突遇的病毒感染，新人类的食物不够每人一份，结果所有的新人类谁也没下筷去吃，他们为了维护高尚的品质，为了维护新人类的平等与公平……

新人类在上帝的反复劝说下也没用，坚持公平，不讲例外。上帝面临着两难的选择，要么让新人类恢复到以前，要么眼睁睁看着新人类集体饿死……

拯救官位

上帝由衷地感慨道："原来中国的官位是万金油，什么问题都可以用它来解决。"我补充说："它是唐僧送给孙悟空的紧箍咒，孙悟空本领最大，也能管得死死的，要他朝东，绝不敢朝西，这就是官位的无穷魅力。"

上帝穿着西装革履来到我的面前，他问我："你知道我是谁吗？"我看了他一眼就说："当然知道，你是上帝。"上帝点点头，然后正色道："我反感你们中国的官本位思想，任何东西都用官位来衡量，就是连个和尚也要搞一个处级厅级的，当然，我管不着寺庙，但这实在是太可笑了。"

我让上帝坐在我的身边，打开电脑，进入官位模拟系统，打开页面后，我问上帝："要不要试试把和尚的官位取掉？"上帝说："要！"我移动了一下鼠标，用删除键把和尚的官位给删除了。我说："请您看看现在的寺庙。"

从电脑的实时直播上，所有的寺庙乱成一锅粥了。烧香拜佛的人站在寺庙外四顾茫然，不知该怎么办才好。和尚懒洋洋地坐在外面晒太阳。上帝很纳闷："这是为什么？"我说："我们去采访一下。"

很快我们到了寺庙外，随意找了一个烧香拜佛的人进行了采访。我问："香客，您好！您怎么不进去烧香拜佛？"香客回答："还烧什么香拜什么佛啊，刚刚听说这寺庙的厅级级别被取消了。"

模拟快乐

我说:"取消就取消啊,菩萨还是原来的菩萨啊。"香客却说:"你有所不知道,我来这个厅级寺庙烧香拜佛,就是希望儿子也能坐上厅级官位。"我回头对上帝说:"你明白了吧,人家来这个寺庙烧香拜佛,就是来求厅级的。您说能取消吗?"

上帝还是很不服气,说:"我不讲和尚了,反正我对佛教不好评说的,毕竟我们是不同的宗教。但是,做老师的就不应该有官位了吧。你看看你们那些学校,凡是老师获得的职称,都跟官位挂钩,中级职称相当于科级,副教授职称相当于副处级,教授职称想当于处级,这多荒唐啊!要知道,一个教授有多了不起啊,对人类文明的贡献是巨大的,金钱和官位怎么能跟它相比?更不能跟处级官位的待遇挂在一起。这完全是对教授的污辱,更是对人类文明的污辱!"

我说:"您说得很对,完全正确,我现在让您看看如果教授没有了官位待遇,结果会怎么样。"上帝摊开双手道:"看就看,有什么了不起的!"

我再次进入电脑模拟系统取消了老师的所有官位待遇,然后带着上帝来到一所大学。大学里正在开会,台下的人都低头很认真地听台上的人讲话。台上讲话的人一会儿口若悬河,一会儿又板着脸严厉地训斥台下的老师。

我对上帝说:"你知道台下坐的是什么人吗?"上帝摇摇头,我说:"大都是教授副教授,最低的职称是讲师。"上帝很吃惊:"台上的人为何要批台下的人?"我回答:"台下的没有官位,没有了官位意味着没有保护网,老师要想保护自己,就得有官位来保护。"

上帝异想天开地说:"那好啊,让中国所有的官位统统取消!看谁还敢训斥老师!人人平等,这多好啊!"我反问道:"如果是您、愿意人人是上帝吗?"上帝说:"愿意啊,我的最终目标就是人人是上帝，也就是人人都不是上帝。"我说："那好，我们再试试取消所有的官位会怎么样的？"

官位统统取消了，在中国这个大地上，没有官了，人人都是民，人人都平等了，呵呵，这是多少美好的事啊！

我陪着上帝来到了民的中间，民们都坐在自家的房子前晒太阳。上帝由衷地赞美道："这多安静安逸啊！"我笑而不语。

上帝问我为什么笑而不语，我来到电脑前，再次进入电脑官位模拟系统，让上帝睁大眼睛看——

我点击取消官位三个月以后，中国所有的工厂全停工了。

我点击取消官位半年以后，中国所有的机关单位关门了。

我点击取消官位一年后，中国所有的人都要饿死了……

上帝目瞪口呆，不解地问："为什么会怎样的？为什么会这样的？"我说："中国就是这样的一个国家，没有为什么的。"上帝说："那你恢复官位试试。"我说："好！"

我鼠标轻轻地点击"官位恢复"键。停工的工厂立即开工了，关闭的机关单位全开门了，那些快要饿死人的全活蹦乱跳，奔走相告——"老爸，我的处级待遇恢复了。""老婆子，厅级待遇又给我了，对，工资补发，待遇照旧。""张三，你敢不听我的话？处级待遇要不要了？"

上帝由衷地感慨道："原来中国的官位是万金油，什么问题都可以用它来解决。"我补充说："它是唐僧送给孙悟空的紧箍咒，孙悟空本领最大，也能管得死死的，要他朝东，绝不敢朝西，这就是官位的无穷魅力。"

复活实验

富人是一个很有思想的人，他对这个人类社会有独特的看法。他很想做一个实验，来测试人类的人性。这个实验很简单，就是给他注射一种药物，使他心脏停止跳动，半小时后再注射另一种药物，让他复活。

富人一个人赚钱，一个人过日子，很悠闲自在。这天，他带着秘书和医生来到乡下的别墅。富人说："这幢别墅里只有我们三个人，你们俩能不能及时把我救活，这要看你们的良知了。无论你们做出怎么样的决定，我都不会责怪你们的。"跟他在一起的，一个是他的秘书，一个是主治医生，都是他最信得过的朋友。

秘书递上一份文件，请富人签字。文件的主要内容就是如果他不在了，就把所有的财产都赠给秘书和医生。富人签下了他的大名后说："我当着你们的面签字了，你们放心做吧。"

原来富人是一个很有思想的人，他对这个人类社会有独特的看法。比如他很想做一个实验，来测试人类的人性。这个实验很简单，就是给他注射一种药物，使他心脏停止跳动，半小时后再注射另一种药物，让他复活。如果能按规定做，复活率百分之一百。

富人很平静躺在床上，医生就给他注射了药物。秘书在旁边眼睛一眨不眨地盯着，生怕医生会注射不好。富人闭上了眼睛，心脏停止跳动，就在这时候，富人见到了上帝。

上帝对他说："你受骗了，你的秘书和医生，他们根本不想救

第二辑 上帝寻找上帝

你了。他们正在商量如何分配把你的财产。"富人不信,"这怎么可能呢?他们是我最信得过的朋友啊!"上帝说:"半个小时后你知道结果了。"

半个小时到了,秘书说:"老板,对不起,我们不准备救你了。"医生说:"我们宁愿受到良心的责备,也要你的财产。"秘书又说:"何况您说过,无论我们做出怎么样的决定,您都不会怪我们的。"

富人虽然很失望,但还是能接受这个结果,毕竟这是他预见到的。上帝却同情,便说:"我给你一次活的机会,你还想做这个实验吗?"富人说:"我还是想这样做。"上帝说:"那我们再试试吧。"

上帝让时光倒流,重新回到了原来的时候——

富人带着秘书和医生来到乡下的别墅。富人说:"这幢别墅里只有我们三个人,你们俩能不能及时把我救活,这要看你们的良知了。无论你们做出怎么样的决定,我都不会责怪你们的。"跟他在一起的,一个是他的秘书,一个是主治医生,都是他最信得过的朋友。

秘书递上一份文件,请富人签字。文件的主要内容就是如果他不在了,就把所有的财产都赠给秘书和医生。富人签下了他的大名后说:"我当着你们的面签字了,你们放心做吧。"

富人很平静地躺在床上,医生就给他注射了药物。秘书在旁边眼睛一眨不眨地盯着,生怕医生会注射不好。富人闭上了眼睛,心脏停止跳动,就在这时候,富人见到了上帝,便问:"这一次,他们会救我吗"

上帝说:"半小时后你知道结果了。"富人说:"我是问您预先知道的结果。"上帝说:"你还是自己看吧。"上帝的手挥了一下,眼前出现了一块屏幕,画面里是秘书和医生在说话,或者说在争论:

模拟快乐

秘书说："你别傻了，这是一个多好的机会，他的财产都是我们了。"

医生说："这万万不行的，我是医生，就要尽医生的职责。"

秘书说："别医生不医生的了，有了这么多钱还做什么医生啊！"

医生说："那是你，我可不是的，等会我一定要给他注射药物，老板一定要醒过来。"

秘书说："这样吧，财产我们六四开，你六我四，总行了吧。"

医生说："不行，绝对不行！"

秘书说："那你说要多少？"

医生说："我什么都不要，我只要把他救过来！"

就这样，秘书和医生争论不休，甚至相互动手了，扭打在一起，结果，这结果实在是太不幸了，半个小时时间到了，医生和秘书还扭在一起，痛失了救活富人的时间……

上帝说："你别难过，看来这就是你的命。"富人不服，请求道："请您再给我一次机会，如果还是这样的结果，我就宣告实验失败。"

上帝想想也有道理，再让时间倒流——

富人带着秘书和医生来到乡下的别墅。富人说："这幢别墅里只有我们三个人，你们俩能不能及时把我救活，这要看你们的良知了。无论你们做出怎么样的决定，我都不会责怪你们的。"跟他在一起的，一个是他的贴心秘书，一个是主治医生，都是他最信得过的朋友。

秘书递上一份文件，请富人签字。文件的主要内容就是如果他不在了，就把所有的财产都赠给秘书和医生。富人签下了他的大名后说："我当着你们的面签字了，你们放心做吧。"

富人很平静地躺在床上，医生给他注射了药物。秘书在旁边眼睛一眨不眨地盯着，生怕医生会注射不好。富人闭上了眼睛，心脏停止了跳动，就在这时候，富人见到了上帝……

上帝却不理他，也不说话。富人心里有底了。

美女的心愿

上帝说："他们当中有医生，有老师，有工人，有农民，你准备选哪一个？"美女问："他们高富帅吗？"上帝回答："都不是。"美女狠狠地瞪了上帝一眼："你把这些人介绍给我做什么呀？真搞笑！"

美女很憔悴，很闷闷不乐，美女跪倒在上帝的面前："上帝啊，请让我重新开始吧。"上帝说："你做领导的情人，生活不是过得很滋润嘛。"美女苦着脸说："您有所不知，其实我只是领导暗藏的一只花瓶，见不得半点阳光。无论任何时候在任何地方，我都不能透露跟领导有关的半点信息。一旦透露了，领导的职位很有可能不保，我更无葬身之地了。"

上帝听了美女的诉苦后非常同情，"哪你想怎么办？"美女请求说："我想重新开始，让我大学毕业时不要认识领导，不认识领导就不会有做领导情人的机会了。"上帝想了想后答应了，不过上帝又说："如果你放弃了认识领导的机会，很有可能你接下来的人生中，不可能有认识领导的机会了，也就是说你不可能有做领导情人的机会，同样，也不可能有跟领导结为夫妻的缘分了。这你答应吗？"

美女连忙答应："只要能很阳光地生活，就是我一生一世最大

模拟快乐

的心愿。"上帝笑了笑，然后说："请你闭上眼睛吧。"美女很听话地闭了眼睛……

一年后，美女再次跪倒在上帝的面前，面容憔悴，精神恍惚。上帝心疼地问："你怎么啦？"美女哭诉着说："上帝啊我还想重新开始。"上帝说："我不是已经给过你机会了，现在怎么又要重新开始了？"美女流着泪说："上帝，我过得很不幸福。"上帝说："我让你重新回到了大学毕业时，也没有让你认识领导，你按你自己的主意认识了一位老板，还做了他的情人。据我所知，他送给你一幢别墅，还有很多的钱。生活得非常富裕，贵族般的享受。"

美女如实地说："在外人看来，我生活得是非常富裕，住着别墅，吃着山珍海味，刷着老板给我的金卡，穿的用的都是世界名牌，但是，上帝啊！我苦啊真的苦啊！"上帝同情了，上帝是见不得眼泪的，特别是女人的眼泪。"你说吧。"美女说："他把我当作交际花一样对待，任何场合，任何时候，都要我给他挣面子，甚至出面去做一些我不想做的事。特别是有些事很难办时，他竟然让我去诱惑对方……我，我真的受不了这份苦啊！"

听到这里，上帝的眼睛也湿润了，鼻子也酸了。上帝断然地说："那好吧，我再破例让你重新开始。"美女破涕为笑了，美女问："上帝啊接下来，我会遇到怎么样的一个人啊？"上帝反问她："你想遇到怎么样的人？"美女含羞着说："我当然希望能遇到我中意的人啰！"上帝问："你中意的人应该是怎么样的呢？"美女想了想回答："我也不知道，这个要遇到了才能知道。"上帝笑了笑，然后叮嘱她："你可要看好了。"美女嫣然一笑，就跟上帝拜拜。

美女闭上眼睛，又睁开眼睛后，就回到了大学刚毕业时。那天，她去找工作，在等车的路上遇到了一位很英俊的小伙子。小伙子非常热情地跟她聊天。她也很高兴，跟小伙子聊得很起劲，也很投缘。美女心里也有话想问了。

"你工作好多年了，买房子了吧。""是啊，前年就有了。""哪，哪你的车呢怎么也来等车？""我的车啊刚好去保养了，明天就可以提车。"

三天后，美女哭哭啼啼地跪倒在上帝的眼前："我被骗了我被骗了。"上帝很冷静地问："他为什么骗你？"美女哭泣着说："他根本没有房，也没有车，那房子是别人的，他自己只有一辆破自行车，一间租来的破房子！"

上帝叹息了一声，试探着问："如果我现在让你重新开始，在你的眼前有跟你差不多年龄的年轻小伙子，他们当中有律师，有医生，有老师，有技术人员，有工人，有农民，你准备选哪一个？"美女一把擦去眼泪，问："他们年薪有 20 万吗？"上帝回答："没有。"美女又问："有汽车有大房子吗？"上帝问答："没有。"美女又问："他们家庭条件好吗？"上帝回答："很一般。"美女狠狠地瞪了上帝一眼："你把这些人介绍给我做什么呀？真搞笑！"

冷冻青春一百年

我告诉你吧，我冷冻了 80 年，正算好是你解冻出来的日子，对了，每隔两年就有一位美女解冻，你还是和以前一样做我的妻子，我会给你钱的啊！

模拟快乐

李娜22岁那年傍上一大款，大款为她离了婚。两年后，李娜却被比她更年轻貌美的大学生击败，大款补偿她两百万元。李娜含恨离开。

李娜不甘心，忽一日，电视广告说可以冷冻青春，而且会比原来的更美丽！

李娜发狠地道："看一百年后，谁比谁更美！？呸！呸！！"

于是决定花一百万元让科学家给她冷冻青春一百年！

转眼间，李娜从冰库里解冻出来了，这已经是22世纪初。她看看镜子里的自己与冷冻前一样光彩照人，妖娆性感，特别那皮肤更是细嫩白净，比一百年前更美丽了。

李娜检查了冷冻前藏在贴身口袋里的信誉卡支票现金都在，于是从实验出来，要打的去饭店，可当的士过来她正要开门上车时，却被司机挡住了。"对不起！小姐，你不能上车，你看见没有前面有个老太爷在等车，你得让他先行。"

李娜火了，"喂，你弄清楚没有？这车是我先等的，他刚从楼里出来呀，你必须先拉我去饭店，否则我去你公司投诉你！"

司机还是很有礼貌地说："难道你真的要我先拉你吗？"

李娜愤愤地道："屁话！还多嘴什么？还不快开门让我上车！"

司机说："小姐，你可别后悔啊！"

李娜一听话，真的是火冒三丈，怒骂道："你有病没？啊！让你拉，你有这么多废话做什么？真是的。现在的人怎么是这个样子的！真讨厌！"

司机还是很有耐心地开了车门，请李娜上车，还提醒说，"上车请注意身体，别碰到车窗了，以免弄伤。"

李娜还没有听完，就没好生息地道："你开你的车就是了，碰不碰到是我的事，你管怎么多做什么？快开车！"

第二辑 上帝寻找上帝

车子缓缓地开动了,但刚走了几步,停在了老太爷的身边,司机探出头出去,歉意地说:"老大爷,请您等一下,我会让另外的车子来接您的。"

老太爷说:"没有关系,你忙你的吧。"

司机又开动车子,司机用车上的电视通讯设备给调度说了情况。

司机说:"对不起!我没有坚持原则,没有请一位老太爷先上车,现在我在玫瑰大街55段,请你们派一辆车快去接老太爷了。对了,我愿意接受一个月的义务服务。"

李娜听到这里有些云里雾里一般了。便问:"喂,你刚才说没有请一位老太爷先上车,现要愿意接受一个月的义务服务。这是怎么回事?"

司机没有回答。

李娜又问了一遍:"我在问你话呢?你为什么不回答?"

司机还是不回答。

李娜嘴里愤愤地骂道:"神经病!"

车子在往前开,李娜看着窗外的风景,忽见一家服装商场,就连声叫道:"快!快停车,我要下了。"

司机忙停住了车,让李娜下车。李娜摸出一张百元钞,说:"不用找了。"

司机却不肯,"小姐,这是85元,你拿好了。"

李娜却声音很重地道"我不是已经对你说过了,不用找了!"

司机却道:"小姐,这是你的钱,请拿好了。"

李娜是从来没有遇到过这样的事,以前她是大把大把地花钱,面对那些服务人员,只要说一声不用找了,都会对她点头哈腰,对她谢个没完,可是今天真遇到鬼了!

商场里衣服很多,真的漂亮极了。

模拟快乐

李娜试试这件，穿穿那件，真的是开心极了。她试穿过的衣服，随便乱放，到处都是。服务员也没有对她说什么话，只是李娜要试什么衣服，就给她试。

一件又一件下来，李娜试穿了不下 100 件了。她也终于挑选了五套衣服。付了钱，就直奔饭店了。她肚子已经饿了。

在服务员的引领下，找好位子坐定后，饭店服务问她吃什么。她捧着菜单看了半天也没有中意的菜，便没有好息地问："你们这里是什么饭店呀？"

服务员回答："这是我们全市最好的饭店了。小姐您想吃点什么？"

李娜却说："怎么没有野味啊？我要吃野鸡腿！"

服务员却说："对不起！我们这里没有，您点其他的菜好吗？"

李娜不高兴了，说"你们这里什么饭店啊！连这样普通的菜都没有。你让我吃什么呀？真是的。"

不过，李娜不高兴归不高兴，她还是要了一只牛排。因为她饿极了。

吃罢饭，李娜入住了这家饭店。

洗好澡，换了新衣服，李娜来到音乐大厅里，也要了一杯咖啡。听一位钢琴手弹琴，她觉得弹得很好听。钢琴手是位很英俊的小伙子，便心里一动，请服务员过来。

服务员过来后，她从钱包里抽出好几张百元钞，说："你去给那位弹琴的，就说我请他喝酒。"

服务员应声而去，不多时就回来了。钱原封不动地回到了李娜的手里。

服务员对她说："小姐，他说不想和您这样的人喝酒。"

"什么什么？你说什么？"李娜很意外地叫道。

服务员却说:"请您现在去看看电视吧!"

李娜忙回头见大厅里有只电视机正在播放着,主持人在说:"各位观众,您们好,今天本市来了一位陌生女性,别看她年轻貌美,可她行为不端,言语粗鲁,与现代文明格格不入,深深伤害了全体市民的心,现在我们将她出现后的画面提供给大家,希望大家评评理。"

画面出现了,李娜万万没有想到,画面上的竟然是她啊,一会儿是购物的画面,一会是她上车的画面,还有她说话声音,都是真实的,如同直播一样。

李娜傻呆了,"怎么会是这样的?怎么会是这样的呢?"她连忙站起来,冲向电梯,她要回到自己的房间里去,她觉得自己已经寸步难行了。

然而她还没有到电梯口,已经被两名警察挡住了去路。

警察很有礼貌但又不失威严地说:"小姐,您好!我们知道你是经过了一百年的冷冻,到今天才解冻的,但由于您的头脑里还保存着一百年前的言行习惯,您已经无法与我们现在这个社会相处了,所以我们决定送您去一个地方。"

李娜忙道:"什么地方?"

警察笑眯眯地说:"您去了就知道了。"

李娜本来想大声地喊叫"我不去,我就是不去",可又怕被录制下来,于是只好说:"好的,我听你们的。"

李娜跟着警察上了车,大约经过一个多小时的路程吧,终于到了一个地方。这里好像也有一些人了,但不多。

警察放她下来,对她说:"这里居住的是和您一样的冷冻者,也是不能适应现代社会的生活,我们特意给您们这些人划出了一块土地,让您们在这里生活。不过请您放心,我们会给您一些书籍资料，还会给您提供方便，如果有一天，您的素质经过测试，能很文明地与我们这个社会和睦相处了，我们还是会请您到我们那个社会去的。"

这时的李娜连申辩的力气都没有了。

然而，李娜万万没有想到的是，当她万般无奈地从车上下来时，忽然听到从另一辆车上下来的男人在喊她："喂，我的美人，我的娜娜，告诉你吧，我冷冻了80年，正算好是你解冻出来的日子，对了，每隔两年就有一位美女解冻，你还是和以前一样做我的妻子吧，我会给你钱的啊！……"

李娜顿时瞠目结舌，这位男子正是21世纪初的大款前夫啊！

人主持的最后一次会议

我们这些被人称之谓动物的动物们，从地球上起源的时间，跟你们人类是差不多的，甚至还要早。那时候，人为了抢先赢得站立，以我们动物的生命为代价，以地球为代价，最终造成了现在地球功能完全退化……

忽然有一天，人准备跟动物们开个会。会议的主题是：生存与环境。

动物们接到通知后，纷纷派代表参加，象、狮、虎、马、牛、狼、猴、猪、狗、猫、羊、鸡、鸭、兔、蛇……大家都来了，就是连老鼠也与会了。会议的规模是空前的，也是前无来者的。

会议由人主持。人清了清喉咙说："先生们，女士们，我热烈

第二辑 上帝寻找上帝

欢迎与会的各位朋友！我们同在一个地球村吃饭，同在一个地球村睡觉，我们是一个家庭中的成员。但经过几十万年的繁衍生息，我们的生存环境，迎来了前所未有的挑战。我希望大家献计献策，踊跃发言，为我们子孙后代创造一个美好的幸福家园！"

首先发言的是大象。大象向人致意，说："大家知道，地球的年龄有数十亿岁了，地球的生理机能退化了，特别是调节污染的功能，已经大大减弱。这就很自然地导致了环境的恶化，让生存环境面临着前所未有的困境。我们应该提醒地球，他老了，他病了，他应该住院接受治疗，还应该服用青春宝之类的返老还童的药物，来彻底改变目前我们大家的困境。"

大象的话引来了阵阵掌声，人说："你的话我记下了，让地球返老还童，说得太好了！下面谁来发言？我看还是听听我们雄狮的高见吧。"

雄狮抓了抓自己的头皮，说："既然人点到我的名字了，那就说几句吧。我一直在想一个问题，想当年，再怎么样也是不会没水喝的，可现在很多时候连清澈的水源都找不到了。我们有将近三分之二的兄弟姐妹病死了，都跟没水喝有关，或是喝了有毒的水。大家知道吗？那天接到人的开会通知，我好激动，我仰望天空，忽然有一滴雨水滴落到我的脸上，我终于明白了，原来造成我们没水喝的根本原因，就是老天在作怪啊！我提议：如果老天再不好好尽职尽责下雨，我们应该撤他的职，罢他的官，把他抓起来，狠狠批斗，看他还敢不敢？"

雄狮的话音未落，台下的动物就举起拳头呼喊：撤老天的职！罢老天的官！撤老天的职！罢老天的官！撤老天的职！罢老天的官……

人摆了摆手，提高声音喊道："大家静一静，雄狮的话说得太好了，

模拟快乐

老天是让我们没水喝的罪魁祸首！我们将采取非常措施，来确保地球村的水源供应。"

接下来发言的是山大王了。老虎走到麦克风前，声音很响地说："俗话说得好，空从风中来。这空是什么？就是空气，就是我们每一天每一刻，都不能缺少的营养。没有了它，就不能呼吸；没有了它，生命就要停止；没有了它，后代就不能得到繁衍。但是，现在的空气，实在是太臭太毒了！我来参加会议前做了一个统计，在这三年内死于空气污染的虎兄虎妹，比还活着多两三倍！这是多么触目惊心的数字啊！我强烈要求人对风进行惩罚，判他死刑，缓期二年执行，让他加倍生产清新的空气出来，以观后效！"

"虎哥，你说得太好了，一针见血，切中了要害，跟猴弟猴妹们想的完全一样，我坚决拥护对风的任何决定！"猴迫不及待地抢先发言了。

人频频地点头，上前握了握虎的手，拍拍虎的虎背，断然地表示，"我保证，对风绝不手软！"就在这时，人却听到了一句话：

"什么呀怪地球怪老天又怪风的，你们都是白痴！"

人一看，蛇游到了台上，边游边说。人很恼火，可又不好发作，克制住自己，还笑脸相迎地说："那好，你请说。"

蛇当仁不让地说了："我们这些被人称之谓动物的动物们，从地球上起源的时间，跟人是差不多的，甚至还要早。那时候，人跟我们一样的，人为了抢先赢得站立，以我们动物的生命为代价，以地球为代价，最终造成了现在地球功能完全退化，老天不下雨，还有风送来的阵阵毒气，特别是后来人发明化学，它让我们失去了清澈的泉水，清新空气，还有绿色的家园……"

蛇的话还没说完，人已经气急败坏了，他凶狠地拔出隐形尖刀，狠狠地一刀，砍断了蛇的头颈，蛇头与身子立即分离。

动物见这突如其来的场面，都惊呆了。

人却假惺惺哭诉道："蛇，蛇，你，你怎么啦？你到底怎么啦？"还流出了眼泪。动物们见人哭了，也跟着流泪，难过。

会议就这样提前结束，动物们都回去了，人独自站在台上，面对空荡荡的会场，又低头看了一眼落在麦克风下的蛇头。蛇头一动不动的，眼睛还瞪得大大的。人冷冷地说："有你这样说话的吗？你也不想想现在主宰世界的是谁？！"

就在这时，蛇头突然弹跳起来，一口咬住人的手指头。人大惊，连忙抛手，可怎么也抛不掉，人的手指在痛，人的头在发晕，人脸渐渐地发黑了，人轰然倒地，没了呼吸。蛇的嘴巴松开了人的指头，安然地闭上了眼睛。

白娘子喝雄黄酒的理由

白娘子忽然打了一个喷嚏，脑海里冒出一句话：爱也好，不爱也罢，都在西湖山水烟雨中……于是，她毫不犹豫把满满的一杯雄黄酒给喝了。

白娘子当然知道许仙让她喝雄黄酒的目的，她也当然知道喝下酒后的下场是什么，也尽管青蛇苦口婆心劝她千万别喝，但白娘子还是喝了，喝了后的故事大家都知道了，我就不再多讲了。我要讲的是白娘子为什么一定要喝这杯雄黄酒的 N 个理由：

理由之一：白娘子想试试许仙是不是真心爱她，如果真心爱她，无论她变成什么都会爱她，更何况是变成一条美丽又多情的蛇哩！

模拟快乐

这不，这一试，果然试出许仙的本性了，原来许仙对她说的那些甜言蜜语都是骗人的，都是为了得到她仙女般的美丽身体。

理由之二：白娘子想测试一下世上到底有没有好男人，她也时常听到民间的老百姓在说，这世上没有一个好男人，都是负心郎。她不太相信这一点，也曾经相信许仙是真正爱她的，是爱她而娶她的，这不，刚好有这么一个喝酒的机会，她就以身试爱了。结果，当然不是她所希望的，但也在她能承受的范围之内吧。

理由之三：白娘子一直怀疑许仙跟青蛇有一腿，要知道青蛇比自己年轻漂亮、又浪漫多情，尽管表面上她跟青蛇之间是主仆关系，但实际上谁是主谁是仆，谁也说不清楚。如果喝酒后显真身了刚好试试许仙，他会不会跟青蛇相好，或者青蛇会不会暴露本性。

理由之四：白娘子心里非常清楚，如果想要在这个世上留名，必须有独特的东西存在。而这个独特的东西，不是想要就可以得到的，是要有机遇的。这不，如果跟许仙喝了交杯酒显真身了，许仙愤然离开，那么这个机遇就来了。她可以为了爱把个世界闹个天翻地覆，留下万世美名。

理由之五：白娘子很担心许仙是个书呆子，见了她的蛇身后不但不吓倒，反而更爱她了。如果真是这样，她想想也好啊，就可以享受许仙给她的爱情滋润了。女人嘛如果没有爱情的滋润，那是会很快老去的，更何况自己处在半仙半妖的时候，更应该有爱情了，这样会让自己更美丽，更容易成为真正的蛇仙的。

理由之六：白娘子知道许仙是个读书人，说不定哪一天高中了，她就是状元夫人了，哪怕是个进士也是官夫人。问题是如果许仙高中后变心怎么办？古往今来，曾经有多少读书人高中后，被京城高官招为女婿。这个事实也让白娘子心里很担忧，毕竟自己付出了青春付出了身体，难道还要付出一生的情一世的爱吗？绝不！她要试，要试出许仙的真情来，要试出许仙的真爱来。

理由之七：白娘子知道她是蛇变的，而许仙是人类，人类跟蛇是不能生孩子的，就算能怀孕，也会流掉。如果跟许仙一起时间久了还不能生孩子，那许仙肯定会怀疑。与其怀疑，还不如试试许仙，如果许仙真的全心全意爱自己，那她也会成全许仙的。

理由之八：白娘子有一天晚上看着呼呼睡觉的许仙，忽然想到一个问题：你看看许仙从头到脚，没有完美的地方，难道我要跟这样的人生活一辈子吗？我应该找一个让我更爱的男人吧，这个男人肯定不是许仙，既然不是许仙，我何不趁机离开？就算暂时不离开，也应该创造一个机会吧，是进或是退，都在股掌之中。

理由之九：白娘子其实不是真正爱许仙的，你想啊如果真的爱许仙，她怎么可能把酒给喝了呢？她明明知道喝酒后的结果是怎么样的，要知道如果是真正相爱的，她是无论如何也不会冒着永远分开的危险去喝这杯酒的，更何况，她是成仙的蛇精，站得这么高又看得这么远，能不看透很多年以后的事吗？

理由之十：白娘子曾经扪心自问：我真的爱许仙吗？是真心的爱他吗？白娘子想了老半天，却回答不出来。白娘子又问自己：许仙真的爱我吗？是真心爱的我吗？白娘子也想了老半天，依然回答不出来。既然都回答不了，那就……嗨！

白娘子想到这里，忽然打了一个喷嚏，脑海里冒出一句话：爱也好，不爱也罢，都在西湖山水烟雨中……于是，她毫不犹豫把满满的一杯雄黄酒给喝了。

挑战脸皮

蚊子说： 唐院长，我怎么也没有想到，你的脸皮竟然有这么的厚！我得回去好好拜师学艺，磨练我的牙齿，看以后是你的脸皮厚还是我的牙齿厉害！

面对台下黑压压的人群，唐明喝了一口水，清了清喉咙，然后又说："正如大家所知道的那样，我研究的课题就是感冒！感冒是当今世界上发病率最高可又是最难以治愈的毛病。大家知道患上感冒的途径多种多样，但是，由于我认清了感冒的本质，研制出了一系列治疗感冒的配方。正如我在论文所表述的那样，我经手治疗的感冒患者，治愈率达到100%……"

台下掌声雷动，医生护士们纷纷跑上台来，向唐明献花。有患者说："唐医生，您太伟大了，您是华伦转世，不，您就是当今的华伦！"医学院领导说："唐院长，您的研究成果将成为我校学生的必修课，我们将邀请您去讲课。"有记者说："唐院长，我们老总说了，您什么时候有空他什么时候来亲自采访您，准备四个版面篇幅，全面介绍您和您的科研成果。"

不错，唐明的论文获奖了，获得了国家级医学成果奖。唐明主要的科研成果是感冒的治愈率达到100%，是目前国内绝无仅有的。就这样，唐明成了治疗感冒的特级专家。就这样，唐明获得了前所未有的荣誉。

这不，这天下午去医学院作报告，晚餐喝了茅台酒，举办单位还特意给他安排了一位美丽绝伦的小姐,唐明还是个好男人,他没乱来,只跟小姐跳了舞,当然,他也紧紧地搂抱了几下,还摸了几下,仅此而已。

晚上,唐明睡在五星级的宾馆里,那张大大的席梦丝床,让唐明睡得非常舒服,睡下不久,就做梦了。梦里出现了单位里的人。

有位下属说:"唐院长,你的论文是抄我的。我数了数字,有 3500 字是抄我的。对了,你全篇文章只有 5000 字,也就是说 70% 是抄我的。"唐明当即狠狠地瞪了下属一眼,厉声地喝问道:"你活得不耐烦了想待岗了是不是?啊!"这位下属一听这话,就连忙隐退不见了。唐明"嘿嘿"冷笑几声,翻了一下身就睡去了。

这时候,梦里出现了一位女孩。女孩在电脑前等待唐明的话。唐明想了想,然后对女孩说:"这个 70% 数据太低了,得改,对了,你把它改 100% 吧。"女孩很听话地回答:"好的,院长。"女孩说着话就不见了。

过了不一会儿,出现了一个老者。这位老者盯着唐明,唐明立马站在老者的身边,俯首贴耳。老者说:"唐明啊,你怎么能这样写论文呢?感冒这种病本来就是能治好的,有的人用了药就会好的,有的人不用药,过几天也自然会好的。这能算治愈率吗?"

唐明这才抬起头来解释:"教授,我也不想这样做啊,可是,如果我不写这样的论文,别人也会写的。其实已经有人在写了。当然,他们的治愈率没有我的高。"

老者冷笑一声,问:"你的治愈率跟别人的治愈率有区别吗?"

"当然有啊!"唐明非常自豪地说:"我达到了 100%,别人的只有 70%。"老者却冷冷地道:"这都是假的!"唐明还想申辩,老者却不见了。

模拟快乐

这以后，就没有梦了，唐明睡得很安然，直到天亮，阳光很调皮地从窗帘缝隙里钻进来。唐明睁开眼睛时，刚好看到了这一缕阳光，心情好极了，伸了伸懒腰，正要起床时，忽然发现枕头边有一张纸头。唐明慢慢展开纸头，一字一句地读起来——

唐院长，昨晚你梦里跟人说的话，我都听到了，我本想狠狠地吸几口你的血，可是，我在你的脸上叮咬了整整一个晚上，使尽了八百般武艺，也没法叮进去。现在天要亮了，太阳要出来了。我只好告辞。

唐院长，我怎么也没有想到，你的脸皮竟然有这么的厚！我得回去好好拜师学艺，磨练我的牙齿，看以后是你的脸皮厚还是我的牙齿厉害！

唐院长，回头见！

挑战者：蚊子

化学反应式爱情

我认识一位网上的男生，他跟我一样被父母亲关在家里，担心在感情上受骗上当。我们相约在网上结婚，在现实中再也不谈情说爱了。

年轻有为的李教授和张博士同在一所大学任教，也同在一个化学制药系工作，一个专攻化学，一个研制新药，在教育科研过程中擦出了爱的火花，结为夫妻。

第二辑　上帝寻找上帝

张教授面对漂亮又温柔的张博士，感慨万端，跟张博士交流下一代的事情："亲爱的夫人，你是世上最美丽最温柔的女人，我多么希望我们也有一个像你一样美丽又温柔的女儿啊！"张博士说："我也是这么想的，希望我们的孩子比我更美丽更温柔。"李教授说："亲爱的夫人，如果我们有了一个像你一样漂亮美丽的女儿，你说让她面对错综复杂又荒诞不经的社会，特别是面对那些色眯眯的男人，我们是不是会很担心？"张博士回答："当然担心啊。"李教授更忧心忡忡了，"那怎么办？"张博士安慰李教授说："我们从现在开始研究一种药丸，相信到女儿十八岁时就一定能研制成功了……"

"女儿无论遇到怎么样的男人都能对付了，你说是不是？"李教授接过话头说。张博士非常肯定地点了点头。

后来，他们生下来果然是一位天使般的女儿。李教授和张博士笑嘻嘻地乐了花，可笑了没多久，夫妻俩都不笑了。李教授拿起了一本研究特别药丸的书。张博士看着甜睡的女儿在思考问题：这药丸的反应式在哪呢？

经过李教授和张博士成千上万次的研究试验，终于在女儿十八岁生日那天研究成功了。在女儿的生日晚宴上，李教授和张博士共同把这粒研究成功的药丸送给了女儿，还语重心长地说了一段话："我们最最亲爱的女儿啊，你已经长大成人了，今后你所要面对的将是你以前从未面过的人与事，特别是对异性，为此，我们特意给你研制了这粒药丸，你服用后就能永远不会被男人欺骗，也就永远能快乐地生活了。"

女儿非常感谢非常庄重地接过这粒药丸，当场用温开水服下了这一粒非常珍贵又奇特的药丸。女儿服下药丸后，照样读书，照样考上了名牌大学。

有一天，张博士问女儿："女儿啊那些靠近你的男同学，你有

模拟快乐

什么样的感觉？"女儿如实地回答："看到了让我很恶心的缺点。""什么缺点？""比如张同学有脚气；比如李同学没有孝心；比如赵同学在喜欢我的同时又去追求他的学姐，真可恶！"张博士很满意地笑了，要的就是这个效果。

可是，到女儿25岁博士毕业时，还不见有恋爱的迹象，李教授和张博士有些担心了。张博士问女儿："我们最最美丽的女儿啊，你年龄也不小了，是不是应该谈恋爱结婚了。"女儿说："我最最亲爱的妈妈啊，只要看到男生们有如此丑陋的一面，女儿我无论如何也不会喜欢他们了。"

这话让李教授和张博士很放心的同时，又多了新的担忧。你想啊如果照此下去，女儿还能找到对象谈情说爱吗？要知道这世上最美好的情感是爱情，而这爱情可是要男人和女人一起谈出来的。嗨！看样子，这又是一个大问题啊！

李教授和张博士又经过反复思考，决定再研制一粒药丸，让女儿吃了后能改变以往看男生都是不好的状况。好在有以前的研究基础，夫妻俩经过5年时间的上千次试验，终于在女儿30岁来临时，让女儿服下了这粒神奇的药丸。

过了没多久，女儿坠入爱河了，跟比她大两岁的赵博士爱得天昏地暗，还带回家来见家长。李教授和张博士见了后非常满意，同意他们结婚。可是，就在新婚的前一晚，那个帅气又才华横溢的赵博士，竟然去酒吧厮混了。李教授和张博士经过痛心疾首地反省，一致认为这都是新药丸闯的祸！这新药丸让女儿服用后，凡是对她有意思的男生，女儿都能从这位男生的身上找到很美好的东西。

李教授问张博士："你说我们怎么办？总不能眼睁睁看着女儿被天下色眯眯的男人欺骗吧？"张博士断然回答："重新研制！在

新药丸还没有研制出来前,让女儿待在家里,哪儿也不能去,谁也不能见!"

过了一个月,女儿非常快乐又含羞地对李教授、张博士说:"我认识一位网上的男生,他跟我一样被父母亲关在家里,担心在感情上受骗上当。我们相约在网上结婚,在现实中再也不谈情说爱了。"

李教授和张博士瞠目结舌,惊得说不出话来。

救 人

失忆人跟村民们一边喝着酒,一边欣赏着电视。电视里正在播放全村人救他的感人场面。失忆人看得眼泪都出来了,便大喝一声:"这救人,真好!"

失忆人走了很长的时间,终于看到了一个村庄,他又喜又惊,忽然听到从远处传来的呼喊声:"救命!救命啊!"

失忆人当即奔过去,就在他奔过去时,已经有很多人奔过去了。失忆人被远远抛在了后面。待失忆人靠近时,有很多人"扑通、扑通"地跳进塘里救人。

失忆人很感动,可是,失忆人发现岸上只有他一个人,凡是来救人的人都跳进水塘里了。失忆人很纳闷儿:"这救的是什么人?用得着要这么多人救吗?"

正这样想着时,有人拍了他一下肩头,道:"你为何不下去救人?"

失忆人回答:"救人的已经很多,我在岸上拉他们一把。"

模拟快乐

　　这人没回应失忆人的话，衣服也没脱就跳进水塘里去了。

　　水塘里的人越来越多，不时有人跳进水塘里救人，没有多少时间，村里男女老少都跳进了水塘里救人了。

　　电视台记者来采访时，村长刚好从水塘里把最后一个人拖上来。

　　失忆人便接应落水者上岸还把他安顿好。

　　漂亮的女主持人问村长："请问，今天有多少人参与了救人活动？"

　　村长非常自豪地回答："除了生病的除了走不动路的，全来了！"

　　漂亮的女主持人问："这是你发动的还是自发地来救人的？"

　　村长非常自豪地回答："当然是自发来的啦！"

　　漂亮的女主持人转过身来问失忆人："请问一下这位先生，你的衣服怎么没湿？"

　　失忆人回答："我没有跳水塘里救人。"

　　漂亮的女主持人显得非常吃惊："什么，你说什么？你没有下去救人？"

　　失忆人回答："是的，我没下去。"

　　"这太不可思议了，真是太不可思议了！"

　　漂亮的女主持人又问失忆人："你为什么不下去救人？"

　　失忆人回答："我看水塘里救人的已经很多了，所以没有下去救人。"

　　漂亮的女主持人更意外了，以埋怨的口气说："你怎么能这样呢？你知道不知道，下去救人的人有好多人是不会游泳的！"

　　失忆人非常不解："既然不太会游泳，为何还要下去救人？"

　　漂亮的女主持人说："我告诉你，今天跳进水塘里救人的有一半以上是不会游泳的，但他们都做出了非凡的英勇创举！"

　　失忆人很惊讶，很感动。

漂亮的女主持人很有感情地说："正因为有他们这种不怕死的大无畏精神，才会有今天我们村里的和谐社会！正因为有一人有难百人相救的情景，才会有这种可歌可泣终身难忘的场面！"

失忆人自愧不如，愧疚地低下了头。

漂亮的女主持人又问："如果水塘里有一个人在喊救命，你会不会跳下去救？"

失忆人一时很难回答，如果很会游泳的话，当然会马上跳下去救人，问题是不太会游泳啊！

漂亮的女主持人见失忆人不语，便问："你是不是很难回答？"

失忆人马上回答："不是的。"

"那你告诉我，你会不会跳下去救人？"漂亮的女主持人说。

失忆人如实相告："我不太会游泳，要看实际情况。"他在龙城救人救怕了。

漂亮的女主持人却问："难道你没有想救人的念头？"

失忆人断然回答："有！"

"这就对了，既然有救人的念头，就应该跳下去救人！"

"可是，可是……"失忆人还没有说清楚，话头就被漂亮的女主持人打断了。

"你现在就跳下去救人吧。"

失忆人惊愕："这，这，可是，可是，人都已经救上来了啊！"

"是的，人刚才已经救上来了，但你没有参与。"

失忆人争辩说："我参与了，在岸上拉落水的人。"

漂亮的女主持人说："这不能算的！"

失忆人手指着水塘说："可水塘里没有人啊！"

漂亮的女主持人说："你就当有好了。"

"可是，可是……"

漂亮的女主持人严肃道："如果不跳下去救一回人，你今晚别想进我们村！"

村民们身体湿淋淋地围住失忆人，表情非常严肃，拳头捏得紧紧的。

失忆人一步一步地退到了塘边，回头望了一眼混浊的水面，双脚就滑进了水塘……

村民们争先恐后"扑通、扑通"地跳进水塘去救失忆人。

晚上，失忆人跟村民们一边喝着酒，一边欣赏着电视。电视里正在播放全村人救他的感人场面。失忆人看得眼泪都出来了，便大喝一声："这救人，真好！"

李永和的梦幻世界

阿梅问李永和："你这个不吃，那个不吃，现在连自己家都想不住了，你说你说，你想住哪？"李永和想了老半天，说："我们住梦里吧，梦里踏实！"

李永和要去参加一个活动，车票也买好了，明天早上的车。夜里李永和做了一个恶梦，他大声呼救："救我救我快救我啊……"老婆阿梅连忙推醒他："李永和，李永和，快醒醒，快醒醒啊！"

李永和醒来后却是一身冷汗，喘着粗气。李永和说，他明天坐的车快到目的地时，突然出车祸了，整个车厢里的人全是鲜血淋淋的，惨不忍睹。他看见自己断了胳膊肘儿，脸上全是鲜血，胸口还很痛，痛得他快要窒息了，于是大声呼救。

阿梅分析说："这可能是最近出车祸的事故太多了，你在电视电脑里看多了，才会日有所思，夜有所梦的。"

李永和却非常认真地说："明天我不参加活动了。"

阿梅说："这怎么行？大会有你发言。这是非常难得的机会。"

李永和却断然地说："我说了不参加就是不参加了，你别来劝我，谁劝都没用！"

果然，李永和一大早去车站退了车票，还打电话给会务组，说有要事不能与会。会务组给他说了好多话，请他想办法务必参加，说大会发言稿都印好了，所有的大会程序也都设计好了，无法更改。

李永和解释说："对不起！实在对不起！我实在无法与会。"

这一天，李永和关了手机，拔了电话线，关了电脑，坐在电视前，眼睛一眨不眨地盯着电视。当中午时分，李永和去上卫生间出来时，见阿梅在电视机前捂住嘴巴在流泪，阿梅一见李永和就抱住他，亲他，还激动地叫着："老公，老公，亲爱的老公……"

电视机里正在播放的是车祸事故场面，而这辆车正是原来李永和要坐的那辆。车祸场面惨不忍睹，哭声连连，死伤无数。

李永和呆住了，他真的没想到，昨晚的梦竟然成真了。尽管他做了这样的梦没有与会，但内心深处还是不希望发生这样的车祸的，毕竟这是非常不幸又痛心的事！

李永和在家待了三天，便去上班。下班时有同事请客吃饭，说有一家新开的饭店，肉类菜系做得非常特别，也特别好吃。

在车上，李永和眼睛眯了一会儿，就在这眯了一会儿的时间里，有一个声音悄悄地对他说："那肉类菜系全瘦肉精做的，别吃别吃。"李永和猛然睁开眼睛，车已经到了饭店。

模拟快乐

李永和下车后没有进饭店,而是拚命打手机。他打了一个又一个,直到同事来叫他吃饭,他的电话还没打完。他非常抱歉地对同事说:"对不起!遇到了麻烦,我得先走了,你们慢吃吧。"

李永和回到家,于是他对阿梅说了。阿梅说:"你应该把梦告诉同事。"李永和说:"这梦能说吗?万一不是怎么办?"梦毕竟是梦嘛。

过了半个月时间吧,饭店使用瘦肉精的事被记者揭露出来了。

李永和边看电视边对阿梅说:"以后别买猪肉吃了。"阿梅说:"不吃猪肉吃什么?"李永和不好声息地道:"吃素!"

李永和果真吃素了,他绝对不吃肉类鱼类食物。李永和对老婆说:"你想想看,你能保证今天吃的肉呀鱼呀是安全的吗?既然不能保证就应该提早预防,提早安排生活。"阿梅反问他:"这菜里也有农药啊也有有害物质啊,你为什么还吃?"李永和回答:"这是为了保障自己的生命嘛,尽可能少吃吧。""少吃也是吃嘛!"阿梅笑他了。

没过几天,李永和做了一个梦,梦里有媒体公布菜市场蔬菜的检测结果,所有的蔬菜都程度不同地存在着农药残留,或使用了不该用的生长剂。李永和梦醒后,就决定不吃蔬菜。

李永和不吃蔬菜后,他的饮食习惯发生了根本性的变化,大都吃面包或油炒饭,非常单一。李永和谢绝所用的饭局,就算是领导请他客,也找理由推托。在单位,李永和独来独往,弄得同事非常不理解,也弄得阿梅哭笑不得。

李永和他自己还是感觉这样的生活很好,很有意味。李永和的梦还在继续做,只是有些梦做过就忘记了,忘记了的梦,李永和不会去想它的,反正想它也想不起来;没忘记的梦如果跟自己的生活有关的,李永和就会紧张,就会改变自己。这不,李永和又做了一个梦,梦里说他家的房子倒塌了。倒塌时李永和被埋进去了。

李永和醒来后，对阿梅说了梦里的事，"阿梅，我不住房子了，你也别住了。这房子要么卖掉，要么空着。"

阿梅问李永和："你这个不吃，那个不吃，现在连自己家都想不住了，你说你说，你想住哪？"

李永和想了老半天，说："我们住梦里吧，梦里踏实！"

失忆后的我是谁

我接受任命后对下属说让你当领导好不好？下属当场泪流满面表示好啊好啊好啊！我说让你的记忆里全是我的好不好？下属连声说好啊好啊太好了……

我失忆了，领导站在我的面前，竟然认不得眼前的领导是谁了。

领导很有耐心，一点也没有发火。领导问我："你还认得我吗？"我摇了摇头。领导又问："你身体哪里不舒服？"我也是摇了摇头。领导叹了一口气，拍拍我的肩膀说："都是开刀开的，好好休息吧。"

胆结石痛致使胆囊穿孔，手术后发现自己失忆了。我问医生："是不是手术麻醉全麻的缘故？"医生说："有可能。"我再问："有办法恢复吗？"医生回答："这很难说，还得看有没有恢复的条件。"我又问："什么条件？"医生说："这个条件就是能不能触动你原先的记忆神经。"

我似懂非懂，反正身体很好，能吃能睡，管它能不能认得领导呢。

模拟快乐

过了几天,领导又来看我,领导问我:"你还记得我是谁吗?"我非常认真地回答:"我认得你啊,前几天你来看过我的,说是我的领导。"领导却说:"那是我告诉你的。"我说:"你是领导谁也拿不走,领导就是你,这是铁定的嘛!"领导可能想想有道理,离开前丢给我一句话:"我想让你当领导!"

果然,我病休半个月后第一天上班,领导过来问:"你还记得我给你说过的话?"我回答:"记得,你让我当领导。"领导很满意地笑笑,就说:"是的,你准备好了吗?"我说:"早准备好了。"领导却问我:"你还记得我是谁吗?"我说:"当然记得,你是我的领导。"领导说:"看来你的失忆是对手术前的失忆,对现在还是有记忆的。"面对领导,我不置可否。

领导让我当了一个小领导。领导还是我的直接领导。我开始努力回忆以前领导跟我的关系,但不管怎么努力还是没有一点记忆痕迹。我想问问别人,可不知道向谁问话。问题是我面对身边所有的人,都不认识了,都不知道是谁了,除非他们事先告诉我他是谁。

没办法,我只好拉住单位里的一个人问:"你知道我是谁吗?"这人很恭敬地回答:"你是我的领导啊!"我又问:"你是谁?"这人回答:"我是你下属啊,难道你都忘了我们曾经一起去唱歌,你搂着一位小姐唱了好多的歌,然后,然后……"我连忙打断他又问:"然后什么啦快说你快说!"这人悄声地说:"你去问那位小姐好了。"我感到莫名其妙:"哪小姐在哪?姓什么叫什么?"这人回答:"在玫瑰歌厅,姓陈叫公主。"

我直奔玫瑰歌厅,问服务总台:"请问你们这里有没有一位姓陈的公主?"服务员回答:"有啊!"便让一位姓陈的公主出来。果然,这位姓陈的公主一见我就眼睛一亮,说:"徐先生,

第二辑 上帝寻找上帝

你好久不来,今天你想唱什么,我就跟着唱什么,保管你满意。"我却问她:"你记得我跟你一起唱过歌?"陈公主回答:"当然记得啊,那晚你唱着唱着就要去那个了。"我听不懂,问:"那个是什么呀?"陈公主说:"那个你也不懂啊,是不是还想那个?"我试探着问:"可以再那个一下吗?"我太想知道那个是什么了。陈公主很痛快地说:"当然可以啊!"我跟着陈公主来到一间歌唱室,陈公主对我笑了笑,就脱衣宽带,露出了她那诱人的玉体……

我落荒而逃,逃到了单位,见到领导如同见到了亲人似地痛哭起来:"我怎么是这样的这样子的人啊……"领导很有耐心地安慰我,"你呀别这样啦,刚才听你的下属说你去找陈公主了,其实呢这没有什么的,你以前本来就是这样子生活的,经常去那唱歌的,也经常跟公主们做这或那的事。这没什么,反正我是不会对你说三道四的,男人嘛有点这个没什么的,你说是不是?"

我的心一下平静下来了。要知道,这就是本来的我,既然本来的我是这样的,有什么值得伤心难过的,还是按以前一样生活吧。

就这样,我跟领导和下属们在一起生活得非常开心快乐。领导说还要让我当再大一点的领导。我说好啊!领导说,这样你的记忆里便全是我的了。我笑了笑说好啊,我就是您领导的嘛!领导很开心,很爽快,领导说回去后就给你任命。

我接受任命后对下属说让你当领导好不好?下属当场泪流满面表示好啊好啊好啊!我说让你的记忆里全是我的好不好?下属连声说好啊好啊太好了……

那天,阳光非常灿烂,非常温暖。

那天,也是我失忆后最有记忆最开心快乐的一天。

105

修改细节

　　他走在放学回家的路上，父亲挑着粪便担，很吃力地一步一步地从对面挑过来，他连忙躲进路边的小树林里，还捏着鼻子，直到父亲从眼前过去了，又四处张望了一下，才回到路上……

　　唐宋在梦里经常出现这样一幅画面：他走在放学回家的路上，父亲挑着粪便担，很吃力地一步一步地从对面挑过来，他连忙躲进路边的小树林里，还捏着鼻子，直到父亲从眼前过去了，又四处张望了一下，才回到路上。

　　唐宋每当从梦里醒来，就感到非常沮丧！这梦里的画面是真实的，是唐宋小时候的真实写照，也是唐宋现在最为头痛的事！

　　有一位非常有名的传记作家，同意给唐宋写传。唐宋是花了九牛二虎之力请到的。作家说了，写传可以，但必须要经过细节真实性测试。细节是组合一个人最基本的细胞。

　　唐宋想在他的传记里必须修改捏着鼻子这个细节。这样的细节写到书里去，肯定要被子孙后代笑掉大牙的，更要受到同行们的嘲讽。特别是那些绝对不能让别人知道的事，更应该修改。

　　唐宋想到了一个办法，把细节进行重新处理：他走在放学回家的路上，父亲挑着粪便担，很吃力地一步一步地从对面挑过来，他连忙迎上去，给父亲擦汗水，还跟随父亲来到田间地头，帮着父亲施完粪，然后一起回家。

第二辑 上帝寻找上帝

唐宋睡觉前，把重新处理好的细节一字不拉地背下来，还把打印好的文字放在枕头边，嘴里不停在念着：我走在放学回家的路上，父亲挑着粪便担，很吃力地一步一步地从对面挑过来，我连忙迎上去，给父亲擦汗水，还跟随父亲来到田间地头，帮着父亲施完粪，然后一起回家……

睡去后，唐宋果然又做梦了，梦里的他走在放学回家的路上，父亲挑着粪便担，很吃力地一步一步地从对面挑过来，他连忙躲进路边的小树林里，捏着鼻子，直到父亲从眼前过去了，又四处张望了一下，才回到路上……

唐宋醒来后，非常失望，接下来好多天都是如此，细节没有任何修改。唐宋感到非常无奈，也非常紧张，离测试细节的时间已经很近了。

好在事在人为，唐宋苦思冥想了好多天，又想到了一个办法，仿照作家许行小小说《立正》里的那种强化训练。这个办法，唐宋让老婆帮他实施。

老婆严厉地问："唐宋，迎上去给父亲擦汗水的是谁？"

唐宋"啪"地一个立正，大声地回答："是我！"

老婆严厉地问："唐宋，跟随父亲来到田间地头的是谁？"

唐宋"啪"地一个立正，大声地回答："是我！"

老婆严厉地问："唐宋，帮着父亲施完粪的是谁？"

唐宋"啪"地一个立正，大声地回答："是我！"

就这样，唐宋每天晚上睡觉前练习一百遍，连续训练了整整一个月时间，终于有一天夜里的梦完全变样了，梦里的他走在放学回家的路上，父亲挑着粪便担，很吃力地一步一步地从对面挑过来，他连忙迎上去，给父亲擦汗水，还跟随父亲来到田间地头，帮着父亲施完粪，然后一起回家……

模拟快乐

　　唐宋惊喜万分，唐宋成功地修改了自己那个"捏着鼻子"的细节。

　　就这样，唐宋用同样方法，修改了自己所有需要修改的细节。比如接受异性服务的事，比如接受老板钱财的事，又比如跟哥儿们密谋暗算对手的事，等等，都一一作了修改。

　　就这样，唐宋躺在了作家真实细节测试仪上了。唐宋显得非常自信，非常坦然。

　　唐宋被催眠后睡去了，唐宋做梦了，唐宋在梦里出现了——他走在放学回家的路上，父亲挑着粪便担，很吃力地一步一步地从对面挑过来，他连忙躲进路边的小树林里，还捏着鼻子，直到父亲从眼前过去了，又四处张望了一下，才回到路上……

　　唐宋醒来后大惊："为什么为什么？为什么还会这样的？"

模拟应聘

　　屏幕上跳出一张大红的任命书：兹任命唐宋为单位领导！

　　漂亮的女工作人员却笑着问："唐先生，想不想看看五年后的您？"

　　唐宋一看脸色骤变，非常恐惧，一行粗黑的大字映在上面：五年后，唐宋将成为监狱里的一名犯人！

　　唐宋去应聘单位领导，漂亮的女工作人员把唐宋引到一台电脑前，轻声地说："测试从模拟当上了领导开始。您现在可以答题了。"

　　屏幕上立即跳出一行字：欢迎您成为我们单位的领导！

　　唐宋觉得这样招聘很新鲜，便开始操作，屏幕上立即出现了一

第二辑　上帝寻找上帝

行字：唐先生，您现在已经是我们单位的领导了，为了向您表示最热烈的祝贺，我们全体职工将在国际大酒店宴请您！如果您同意，请点"是"，如果不同意，就点"否"。

这样的酒会岂有不去之理？唐宋立即点击"是"。

接下来屏幕上是一幅喝酒敬酒的场面，唐宋喝了很多的酒，下属个个红光满面地敬他，说着动听的话语。

屏幕上又出现了一行字：现在您喝得不省人事，只好住在饭店的房间里。饭店老板特意安排一位漂亮的小姐照顾您。如果您愿意，请点"是"；不愿意，请点"否"。

唐宋认真想了，那时候我已经喝醉了酒，什么都不知道。唐宋脸上露出一丝微笑，欣然地点了"是"。

这时，屏幕上出现了一幅画面：天亮后，您醒了，仿佛想起了什么，连忙看身边，却发现有一张写有一万块钱的存折。

屏幕上出现一行字：这存折上是您的名字，谁也不知道，而且连今后是谁送的您都不可能知道。如果接受，请点"是"；不接受，就点"否"。

唐宋很疑惑，送存折的人想要我帮忙？可一想又不对，万一被人发现怎么办？唐宋只得求助疑问查询处（整个答题过程中只可查询一次），查询结果：安全率99.9999%。想有这样高的安全率，还是放心收下吧。于是，唐宋果断地点击了"是"。

屏幕上跳出一行字：单位准备建一幢办公大楼，选择建筑商有两种方法，一种是公开招标，一种是由单位决定。在整个决策过程中，您作为一把手会不会听取其他领导的意见？如果不能听取，请点"是"，如果能，请点"否"。备注：这是一道能力测试题。

唐宋有些纳闷，听取其他领导的意见当然好，问题是万一听取了意见，他们会不会说我没有能力没有主见？对！这是一道能力测

模拟快乐

试题，我应该而且必须自主决策！

唐宋很有信心地点击了"是"。

屏幕上又出现了一行字：您的直接领导给您打电话，让您给他的妻弟推销一批货物。如果愿意，请点"是"，不愿意，请点"否"。

唐宋没有多想，就点了"是"。今后工作还要多靠领导支持呢。

屏幕上又出现一行字：要过年了，您会去给领导拜年吗？如果会请点"是"；不会就点"否"。

唐宋想都没想，就点击了"是"。

正在这时，屏幕上忽然跳出一张大红的任命书：兹任命唐宋为单位领导！

接着，就是鞭炮和焰火占领了整个屏幕。

漂亮的女工作人员却笑着问："唐先生，想不想看看五年后的您？"

唐宋欣然地查看五年后的结果，一看脸色骤变，非常恐惧，一行粗黑的大字映在上面：五年后，唐宋将成为监狱里的一名犯人！

漂亮的女工作人员安慰他说："您还可以重新答题一次。"

唐宋急忙重新操作，都作了这样的选择——

问：是否去喝酒？答：否。

问：是否和小姐同床共枕？答：否。

问：是否收钱？答：否。

问：是否独自决策？答：否。

…………

结果很快出来了：杭州灵隐寺将是唐宋最好的处所。

唐宋目瞪口呆："为什么？为什么？为什么会这样？"

第三辑　特异功能毁灭记

赵局长笑眯眯地和他握手，："唐宋，听说你有了特异功能，好啊，这充分说明你是个人才嘛，我准备破格向局党组提请你任副经理，你看如何？"

其实赵局长一说话，唐宋要说的话在脑子里已经形成了，"妈的，那笔防洪工程款，得想个法子转移出去，否则太危险了！"可此时不知怎么的，这话唐宋怎么脱口也不出，从口里出来的话却是："谢谢！谢谢局长！我一定努力工作，一定不辜负你对我的期望！"

搬垃圾

这就是龙城全民搬垃圾运动的意义所在。我们要让绝大多数的地方环保，就必须牺牲一些地方的环保。以后四个乡每年轮流一次，每个乡都环保环保。

模拟快乐

龙城正在搞一个全民搬垃圾运动，把城里的垃圾全搬到东城乡去，还有，西城乡的，北城乡的，南城乡的垃圾，都是大车小车拉着，统统地倒往东城乡。

东城乡山上山下，水上水下，全是垃圾，臭不可闻！

这真是太奇怪了！唐汉觉得有意思，便去问有关部门的领导。

领导热情地接待了唐汉，领导没有回答唐汉的问题，而是问他："你说现在这个社会，要做到人人富有可不可能？"唐汉当即回答："不可能。"

领导又问他："爱美是女人的天性，你说说看每一个爱美的女人，能不能都做到非常年轻漂亮？"

唐汉当即回答："做不到。"

领导又问他："当今社会，每一个地方都做到环保，你说可能不可能？"

唐汉断然回答："当然不可能！"

领导说："就是！"领导接着很认真地说："要干净环保，城里再怎么样做也是做不到的，但是，如果把城里的垃圾全搬走，那情况就不同了。"

唐汉点点头，若有所悟。

领导带着唐汉来到西城乡，那里山清水秀，真干净真环保。

领导又问："西城乡凭借自己的力量，做到如此环保可能不可能？"

唐汉回答："不大可能。"

领导带着唐汉来到北城乡，那里山清水秀，真干净真环保。

领导再问："北城乡凭借自己的力量，做到如此干净可能不可能？"

唐汉回答："不大可能。"

第三辑　特异功能毁灭记

领导带着唐汉来到南城乡，那里山清水秀，真干净真环保。

领导还说："南城乡凭借自己的力量，做到如此美丽可能不可能？"

唐汉回答："当然不大可能。"

"就是，这就是龙城全民搬垃圾运动的意义所在。我们要让绝大多数的地方环保，就必须牺牲一些地方的环保。"领导还补充说："以后四个乡每年轮流一次，每个乡都环保环保。"

唐汉非常兴奋，觉得这个领导真有水平，真有创意，前无古人，后无来者。

唐汉回到家，就开始行动了，把家里三个房间里的东西，不管是有用的还是没用的，都统统地集中搬进一个房间里，搬好后就把门一关，加上一把锁，顿时，那三个被搬空的房间一下子宽敞了，一下子干净，一下子新鲜了。

唐汉满意地笑了，还自言自语："好，真好！"

天黑时，老婆肖医生下班回家，面对眼前的一切惊呆了，立马抓起电话，就要打110报警，却被从厨房出来的唐汉制止了。

"别报警，这是我响应搬垃圾运动的结果，怎么样，不错吧，变样了吧，多干净，多环保啊。"

肖医生拉着脸，不理唐汉。

唐汉问肖医生："你说现在这个社会，要做到人人富有可不可能？"

肖医生回答："不可能。"

唐汉又问她："爱美是女人的天性，你说每一个爱美的女人，能不能都做到年轻漂亮？"

肖医生当即回答："做不到。"

唐汉又问他："在我们家里，每一个角落都做到一尘不染，你

113

说可能不可能？"

肖医生断然回答："当然不可能！"

"就是！"唐汉得意洋洋地说，"这就是全民搬垃圾运动最伟大的意义所在，让绝大多数的地方干净，就必须牺牲一些地方的干净。"

肖医生哭笑不得，问："我们怎么吃饭？我们怎么洗漱？"

唐汉脑袋一拍，就说："有了。"

唐汉找出钥匙，打开那间房间，把凳子桌子、碗筷、面盆毛巾，统统地搬出来，然后对肖医生说："这不就成了嘛！"

肖医生冷冷地问："那我们的床呢？"

唐汉又去搬床。

肖医生又问他："沙发呢？"

唐汉去搬出沙发。

肖医生问："茶杯呢？"

唐汉去找出茶杯。

肖医生问："我的梳子呢？"

唐汉去找出梳子。

肖医生问："我的电脑呢？还有我的书。"

唐汉去搬出电脑，还有书。

肖医生要什么，唐汉搬什么找什么。

直到半夜了，肖医生问唐汉："你说这样搬来搬去的运动好吗？"

唐汉断然回答："好！"

肖医生很是意外："你，你，那你说好在哪了？"

唐汉严肃道："好在我有事做了，好在我有政绩了，好在我可以升职了。"

▶ 第三辑 特异功能毁灭记

特异功能毁灭记

　　唐宋脱口而出："妈的，如果他真的有特异功能，让他去试探一下赵局长，弄个把柄出来，日后好为我所用。对，先让他当个科长吧。"

　　唐宋非常惊讶地发现，他竟然能脱口说出经理想要去做的事。

　　那天快下班时，经理过来对唐宋说："等会儿一起走吧。"

　　唐宋脱口而出："晚上我要去阆苑娱乐城找莹莹，这小妞儿真性感！"

　　经理顿时沉下了脸，把门一甩，愤愤地离开了。

　　唐宋吓得不知所措，整个人都呆傻了。

　　问题是唐宋不知道莹莹是谁，更没有去过阆苑娱乐城！

　　唐宋只好独自回家，半路上遇到本家唐河。

　　唐河看他满面愁容，就说："喂，你想什么呢？"

　　唐宋脱口而出："我要去找情人陈小梅，就怕老婆知道。"

　　唐河当时看着唐宋好几秒钟，然后笑脸相问："唐宋，你的情人叫陈小梅？"

　　唐宋摇摇头："我哪里有情人啊！"

　　"那你是什么意思？"唐河问。

　　唐宋说："我也不知道，竟会说这样的话。"

　　这时候唐河脸上的表情严肃而又认真，他愤愤地给唐宋留下一句话："唐宋，你听着，如果你告诉我老婆的话，就杀了你！"

唐宋呆在那里，头脑一片空白。

唐宋回到家，老婆迎上来替他放手提包。

老婆说："晚上我们去看电影吧。"

唐宋脱口而出："你吻我时经常乱摸乱动！"

唐宋非常惊讶，这话都是以前老婆说的。那时候经常一起去看电影，每当镜头里有亲热的场面时，唐宋就会当场学着做。

老婆的脸腾地红了，忙去盛饭端菜。

第二天上班，经理来到唐宋的办公室，唐宋忙起身招呼。

经理看着唐宋说："你工作快十年了，有什么要求？"

唐宋又脱口而出："只要你不把我找莹莹的事捅出去，准备让你当科长。"

经理大吃一惊，脸色由白变红，再由红变青。

唐宋傻呆了，不敢喘气。

经理压着怒火说："好，你有种！"说着就甩门而去。

唐宋猛然用拳头狠狠地打自己的脑袋瓜子："你怎么啦？你到底是怎么啦？你这是害我，你知道不知道啊？"

唐宋没有办法，只好去看医生。

医生问他："说说你病哪儿？"

唐宋又脱口而出："他妈的昨天只收到一个红包，现在越来越难收了。看这人穿得不错，肯定有钱，吓唬他一下，让他乖乖地给我送红包，否则不给他治！"

医生顿时面无血色，"扑通"跪倒在地，对着唐宋说："同志，师傅，领导，大爷，你别吓我，我真的没有收红包，也不会吓唬你的，你放心，我一定给你好好治病。"

唐宋脑子里忽然灵光一闪，"嗖"地站了起来，拂袖而去。

身后传来医生不断的呼叫声。

第三辑　特异功能毁灭记

唐宋想到自己肯定有了某种特异功能，否则，不可能知道对方在想什么的。对，前面过来的是副经理，和他说说话，测试一下。

副经理看到唐宋就说："哎哟，唐宋，你脸色不错嘛！"

唐宋脱口而出："经理今天对他很反感，如果把他当枪使，为我所用，多好！"

唐宋还没有说完，副经理目瞪口呆，落荒而逃。

唐宋"哈哈哈"大笑，说："看你们以后还敢欺负我！哼！"

唐宋回到单位，经理正等着他哩。

经理把门悄悄地掩紧，经理问："唐宋，你是不是有了特异功能？"

唐宋脱口而出："妈的，如果他真的有特异功能，让他去试探一下赵局长，弄个把柄出来，日后好为我所用。对，先让他当个科长吧。"

经理听了唐宋的话，一点儿也不惊讶，而是非常平静地说："你说的没错，我是这样想的。如果你同意的话，明天就给你任命。"

唐宋非常得意地握住经理的手，道："成交！"

第二天，唐宋一上班就去见赵局长。

赵局长笑眯眯地和他握手，请他坐，还这样说："唐宋，听说你有了特异功能，好啊，这充分说明你是个人才嘛，是人才就应该重用，我准备破格向局党组提请你任副经理，你看如何？"

其实赵局长一说话，唐宋要说的话在脑子里已经形成了，"妈的，那笔防洪工程款，得想个法子转移出去，否则太危险了！"可此时不知怎么的，这话唐宋怎么脱口也不出，从口里出来的话却是：

"谢谢！谢谢局长！我一定努力工作，一定不辜负你对我的期望！"

神奇的拉链

装在领导身上的所有拉链，都变成了铁链、铁杆，领导如同关在铁栅栏里，怎么弄也出不来，怎么打也打不开。

教授也很纳闷儿："这拉链怎么会变成铁链铁杆呢？真是奇了！"

教授带着新研制的拉链来到市政施工现场，对施工负责人："你们不是今天埋电缆，就是明天修管道，每次都要把道路挖开再填上，这样太麻烦了，只要你们使用了我研制的拉链，就省力多了。"施工负责人不信。教授当场安装上拉链，然后拉上，然后拉开，然后又拉上，真是神奇极了！

施工负责人立即报告给领导。领导亲自来到现场，观看后当即拍板，"就这样定了，我们从今天开始就使用教授的拉链！"领导紧紧地握住教授的手非常感激地说："好事啊，你为社会为人民做了天大的好事，感谢您！"

这款特殊的拉链，教授花费了毕生的精力，经过成千上万次的试验，终于研制成功了。

领导悄悄地问教授："您还有没有其他功能的拉链？比如口才方面的，我开会时总感到没话好说。你能不能帮我研制这样的一条拉链？"教授说："没问题，我只要把您这方面的需求输进电脑程序，把拉链安装在你的嘴巴里就可以了。"

领导跟着教授来到实验室，教授给领导安装上了特殊的拉链——一条很小很小的肉眼都不太容易发现的拉链。领导按教授的

第三辑 特异功能毁灭记

说明试了一下，嘴一张，竟然一口气讲了四个小时，连水都不需要喝一口。

领导好开心。领导就天天开会，天天讲话，天天口若悬河，天天滔滔不绝。领导成了市里的奇才，领导获得了领导的领导的好感，领导就升官了。领导升官后，来请求教授："现在急需增加口才中的思想性，您能帮我解决吗？"

教授说没问题，就给领导安装了一条思想拉链。每当开会，领导必讲孔夫子、老子、庄子、墨子等等，领导能把国内外思想家的思想，都能经过他的语言表达出来。"思想是我们行动的指南，一个人没有思想，就如同一根木头！"

领导又升官了，领导又来找教授。领导心事重重地说："教授，我都快五十岁的人了，可我还没有体会过真正的爱情，您说我还能有这方面的情感吗？"教授说："哪怕你到了八十岁，也保证让你如同二十岁时一样会谈情说爱！"

领导惊喜万分，当即让教授给他安装上爱情拉链。不久，领导恋爱了，领导爱上了一位比他年轻三十岁的歌星。领导如同诗人一样，天天给歌星写爱情诗。歌星深深地感动了，投进了领导的怀抱。

领导年轻了，领导的能力更强了，领导又升官了。领导又来找教授。不，是领导派秘书来请教授的。教授来到领导那富丽堂皇的办公室，惊讶得眼珠子发直，天下竟有如此豪华漂亮的办公室！

领导对教授说："今天请您来，还是为拉链的事。不瞒您说，我现在需求的东西太多了，根本没有办法满足。请问教授，您能不能给我安装人生当中所需要的所有拉链？"

教授回答："行啊，只要你想要，我当然可以给你安装。"教授又提醒说，"不过，如果你使用不当，可能会给您带来不好的后果。"

119

模拟快乐

领导连忙表示："我一定会很好使用的，不会出错。这您放心好了。"

教授就给领导安装上了很多的拉链，什么财富拉链，什么性功能拉链，什么智慧拉链，等等，领导更有能力更有水平了，领导得到了前所未有的荣誉。领导成了家喻户晓的人物。领导的家乡给领导修订了家谱，修缮了祠堂。领导的家乡成了众人神往的地方。

过了几年，教授正在研制一种更科学更便捷的拉链，突然闯进来两个蒙面人，用黑布蒙住了教授眼睛，强行带上了车。教授显得很平静，不反抗，不呼救。教授被带到一间房间里，揭开了黑布。教授眨了眨眼睛，终于看清楚了眼前的一切：一位肥胖的男人站在房间的中央，动弹不得——他就是领导。

领导迫不及待求教授："请您帮帮我吧。"

教授痛惜地说："对不起！我帮不了你。"

领导再求教授："您是教授，您能研制出来，肯定也能破解的！"

教授很无奈地说，"很抱歉，我现在还没有破解它的能力。"

领导绝望了，领导流泪了，领导痛哭失声。

因为装在领导身上的所有拉链，都变成了铁链、铁杆，领导如同关在铁栅栏里，怎么弄也出不来，怎么打也打不开。

教授也很纳闷儿："这拉链怎么会变成铁链铁杆呢？真是奇了！"

他是你什么人

当晚电视新闻里出现了这样一个画面：唐汉背着老汉非常艰难地向前走着，而身后紧跟着两辆急救车……

主持人在说：父亲出车祸，儿子谢绝帮助，背着去救治，这种行为让人难以置信，却出现在了我们的身边……

唐汉亲眼目睹了一起车祸，一位过路的老汉被一辆黑色轿车撞得飞了起来，然后"扑"地坠落在路基下。肇事车没有停下来，快速地逃之夭夭了。

唐汉掏出手机，拨打了120。

"喂，急救中心吗？快，快，这里有人被车撞伤了。对，在城郊二十路处。"

这时候，来了一位妇女，看了一眼躺在地上的老汉，又看看唐汉，然后退后几步，问唐汉："他是你什么人？"

唐汉没有回答问话，而是说："大婶，你帮帮我吧，我们把老汉弄到马路上来。"

大婶没有动手，"不是我不来帮你，是我怕啊。如果他是你的亲人，我完全可以帮你的，如果不是，我劝你还是赶快离开吧。"

大婶见唐汉没有回话，就赶紧走了。

唐汉看到对面驶过来一辆出租车，忙上前拦住。

司机探出头来问唐汉："他是你什么人？"

唐汉反问道："是我什么人有这么重要吗？"

模拟快乐

司机苦笑一下，摇摇头，然后开足油门"嗖"地走了。

好在这时医院的120急救车到了，而且一下子来了两辆。

几乎在同时，电视台的新闻采访车也到了。

两辆急救车还没有停稳，都下来一拨人，抬着担架，往路基下冲去。

唐汉见了非常感动，医生护士们动作真快啊。这下子好了，老汉有救了。

摄像机对准了唐汉，漂亮的女人主持人问："请问你为什么要救老汉？他是你的什么人？你的英雄动机是什么？"

唐汉面对着镜头，脸都红了。这让他怎么说呢？

让唐汉没有想到的是，老汉还是躺在路基下，两边都站着医生护士。

这边说："是我们先接到120的，这病人是我们的。"

那边说："是我们先接到120的，这病人是我们的。"

两边的医生护士打起了口水仗，一面打着，一面去抢老汉。这边的医生抬着一条腿，那边的护士拉着一只手臂。可怜老汉就是上不了担架。

两边的医生都在对着摄像机镜头在说话："我们一接到120报救电话，就以最快的速度赶到了出事地点。这个伤者将会在我们医院得到非常及时的救治。"

唐汉被弄糊涂了。这，这，这到底是怎么回事啊？

唐汉急了，摸着老汉的脉搏叫着："我求求你们了，再不送老汉去医院，他会死的，血，血，他身上都是血啊！"

可是，两边的医生还在争论不休，谁也不肯让步，谁都要这个病人。

记者在不停地忙碌着，一会儿拍这边，一会儿拍那边，一会又

第三辑　特异功能毁灭记

来问唐汉。

"他是你的亲人吗？你为什么不说话？你是谁？在哪个单位工作？你想过没有如果你成了救人英雄，有什么要求？万一被他家人误解怎么办？"

唐汉什么话都没有回答，用尽全身力气，把老汉弄到了自己的背上，然后非常艰难地一步步地爬上了路基，背着老汉走向城里……

唐汉的后面紧紧跟着的是两辆急救车，前面是辆新闻采访车，镜头对着唐汉，漂亮的女主持人在不停地说着什么，唐汉一个字也没有听进去。

不知道过了多久，唐汉发现有一家诊所，便把老汉背了进去。

唐汉对医生说："他是我父亲，请你快救救他吧。"

唐汉说完这句话，就瘫软在地上……

待唐汉醒来时，老汉也已经睁开了眼睛。

漂亮的女主持人问唐汉："他真的是你父亲吗？"

唐汉看着漂亮的女主持人，肯定地点点头。

漂亮的女主持人问老汉："他真的是你儿子吗？"

老汉面对漂亮的女主持人，肯定地点点头。

当晚电视新闻里出现了这样一个画面：唐汉背着老汉非常艰难地向前走着，而身后紧跟着两辆急救车……

主持人在说：父亲出车祸，儿子谢绝帮助，背着去救治，这种行为让人难以置信，却出现在了我们的身边……

检 查

部长笑眯眯地拍拍他的肩头说:"年轻人,干得不错!"部长端起饭碗,正要往嘴里扒饭时,唐宋忽然发现部长碗里有一条虫,从米饭中探出头来,伸了伸懒腰,优哉游哉地爬出来了……

部长明天要来,要来视察机关事务局这个文明单位,还将在中午用餐。

分管副县长大清早就到了,没喝一口水,立即指示局长唐宋:"检查厨房!"

一大批人拥着副县长来到厨房,副县长拿起一只碗,伸出一只手,勾起一只手指,狠狠地在碗里挖了一下,然后睁大眼睛,一看,然后喝道:"统统重洗10遍!"

副县长撇下还在发呆的唐宋,回到接待室,不喝一口水,问刚赶进来的唐宋:"这套碗具花了多少?"唐宋回答:"一万。"

副县长怒道:"重买!"不等唐宋回答,说:"这种碗具能让部长用餐吗?"

唐宋当即派人去买碗具,没有过多少时间,唐宋向副县长汇报:"县长,碗具买来了,景德镇的,最好的,三万一套。"

副县长刚露出了脸笑,县长就到了,县长边往里走边接电话,嘴里不时地说:"好的,好的,我一定按您的指示精神办!"

县长一放下电话,就沉下了脸,喝道:"检查厨房!"

一大批人拥着县长来到厨房,县长拿起一双筷子,伸手要了一张纸巾，轻轻地环绕筷子一圈，忽然捏紧，重重地一抽，打开纸巾，睁大眼睛，一看，怒道："统统重洗10遍！"

县长撇下还在发呆的唐宋，气呼呼地回到接待室，不喝一口水，非常严厉地批评气喘吁吁赶来的唐宋："告诉你过多少遍了，部长要来你这里用餐，这是多么大的荣誉！你懂不懂？你知道不知道？你给我严格检查，必须做到万无一失！"

县长刚走，书记就一脚跨了进来，书记低着头，边接电话，边在嘴里说："是，是，一定，一定，请您放心，感谢您的关心，好，明天见！"

书记一放下电话，大声命令："检查厨房！"

书记带着一批人三步二步冲到厨房，抓起一把刀叉，要过一只大碗，倒上清水，把刀叉放进去，俯下身子，睁大眼睛，盯住水面，紧紧地盯着，好几秒钟，然后喝道："统统重洗10遍！"

书记撇下还在发呆的唐宋，怒气冲冲回到办公室，对赶来的唐宋好一顿训斥："啊？让我怎么说你呢？啊，都准备三天了，三天，知道不知道？72个小时，还是这么脏这么乱！啊，部长见了，能高兴吗？啊！告诉你，部长不高兴，我肯定也不高兴！"

书记训话还在兴头上，门外进来一个人。书记惊叫起来："张副市长，您，您来了。"

张副市长的手机响了，一看来电显示，不由自觉地"啪"地来了一个立正，毕恭毕敬地说："首长，您好！是，是，是，谢谢您的关怀，我们一定接待好部长，我向您保证！是，我牢牢记住了。"

张副市长一放下电话，虎着脸，大声命令："检查厨房！"

一大批人跟着张副市长拥向厨房，张副市长拿起一只匙子，睁开眼睛，一看，二看，三看，又伸出一只手指，轻轻地擦了一下，

模拟快乐

低头看手指,又轻轻地擦了一下,低头看手指,再轻轻地擦了一下,低头看手指,看着看着,猛然抬头喝道:"统统重洗10遍!"

唐宋送走了张副市长,送走了书记,送走了副县长,唐宋回到办公室,端起茶杯,"咕噜、咕噜"喝下三杯冷水,用袖子抹了一把嘴巴,重重嘘出一口气,有气无力地叹息道:"嗨,总算检查好了。"话音刚落,倒在沙发上呼呼睡去了。

唐宋做了一个梦,梦里见到部长了,部长用餐时面对如此干净的碗具,非常满意地笑了,还笑眯眯地拍拍他的肩头说:"年轻人,干得不错!"部长端起饭碗,正要往嘴里扒饭时,唐宋忽然发现部长碗里有一条虫,从米饭中探出头来,伸了伸懒腰,优哉游哉地爬出来了……

唐宋顿时吓得灵魂都没有了,猛然醒来,眼睛一睁,大声命令:"检查厨房!"

唐宋带领下属,杀气腾腾地一路冲进厨房,命令厨师们:"摊开你们的双手,检查!"

唐宋亲自一双手一双地摸过去,一双手一双手看过去,看到最一双手时,唐宋眼前突然一黑,栽倒在地,就在倒地前的刹那间,唐宋发出了命令:"统统重洗10遍!!"

亚领导

他当院长时,他的硕士文凭是一位分配到医院里的毕业生帮他考出来的;他的论文都是我们这些人帮他写的,帮他发表的!你知道他来医院工作前的文凭是什么吗?

第三辑　特异功能毁灭记

大年初六，好友老郑来拜年。酒喝到一半时，老郑说要讲个亚领导的故事给我听。我有些不解，问老郑什么是亚领导？老郑说你听完就明白了。老郑知道我写小说，见面时总要讲一些发生在他医院里的故事给我听——

那天市长胃溃疡出血，病情很严重，得切除一半。经市长本人同意决定第二天做胃切除手术。市长请张院长亲自主刀。因为张院长是医院独一无二的外科主任医师。

确定张院长为主刀后，张院长却还在征求市长的意见，张院长说："市长啊，您是一市之长，对您的身体健康，我们要负最大的责任，但为了对全市人民负责，我们医院还是想请省里的外科专家来给您做手术，您看好吗？"

市长不同意，"您是外科主任医师，难道还切不了我的胃？！"

张院长忙表示："不是这意思，我是怕你担忧啊！"

市长很理解又安慰张院长："我信任你！"

张院长一听这话眼睛都湿润了，顿时好感动。

听到这里，我有些不耐烦了，老郑的故事一点也没有新意。我调侃他道："你说这种一点不曲折生动的故事给我听作什么？你应该把这一年来听到的看到的新鲜故事讲给我听，这样我可以写出更新鲜的小说出来嘛！"

老郑却问我："你知道吗？张院长为什么要请省里外科专家来主刀吗？"

我摇摇头："这有什么大惑不解的呢？很正常啊！"

老郑摆摆手，道："你不懂，你真的不懂！"

我听着老郑的话，看着他的手势，有些好奇了："那你说啊！"

老郑却端起酒杯，目光如炬地说："来！干！"

我没法儿，只好和他喝了杯里的酒——

127

"那是因为张院长不会做手术！"老郑终于吐出事情真相。

这真的不可思议了，堂堂的外科主任医师竟然不会做胃切除手术？这不是天下最大的笑话吗？我不信，我真的不信！胃切除手术是很简单的一个手术嘛！

老郑说："我给你看张院长的简历，你就知道原因在哪儿了。"

老郑展开一张白纸，里面有几行字——

张院长简历

张进前，男，60年3月出生，医学硕士研究生，现为市医院外科主任医师、院长，在国内外医学杂志发表论文30多篇，其中国家级杂志20余篇，外国著名医学杂志10篇，出版医学专著一部，系中华医学会市医学分会常务副会长。

很有成就的一位医学专家啊！

老郑说："有如此业绩的外科主任医师竟然不会动手术，你知道为什么吗？"

我真的不知道，我真的不知道这其中的奥秘在哪里，我只是感觉到有些地方不太对头，但到底错在哪里我也说不清楚。

老郑恨恨地道："他所有这些成绩都是我们医院很多医生给他做出来的。他当科主任时，他的大专文凭是我帮他考出来的；他当副院长时，他的本科是一位医大毕业生帮他考出来的；他当院长时，他的硕士文凭同样是一位分配到医院里的毕业生帮他考出来的；他的论文都是我们这些人帮他写的，帮他发表的！你知道他来医院工作前的文凭是什么吗？"

我摇了摇头。老郑说："他是1976年高中毕业生啊！"

我无言以答，但我还是要问他："你们为什么要这样子帮他啊？"

老郑眼睛湿湿地说："因为他是领导啊！我们不帮他行吗！"

话说到这里似乎可以结束了，但酒还得喝。

于是我端起酒杯来说:"老郑,来,喝酒,别说它了。"

老郑却没有举杯,问我:"我问你张院长给市长做手术没有?"

我想都没有想说:"肯定没有!"

老郑却说:"你错了,他做了!"这下子我又目瞪口呆地盯着老郑:"他敢做?!"

老郑苦笑道:"在市长麻醉后、手术前,他故意先把自己的右手食指给做了。"

"哈……"我想笑却怎么也笑不声来,而更让我痛心的是老郑最后的话——

张院长用白纱布包着浸着血的手指立在市长的病床边,市长关切地问他:"张院长,你的手指?"

医院办公室主任立即接应道:"市长,张院长给您做手术时不小心把手指给弄破了。"

于是市长很心疼地说:"哦,张院长,请你以后做手术时一定要注意小心些啊!对了,市委准备给你加更重的担子!"

张院长,不,现在是张局长了,嘴唇抖擞着,两眼都是泪……

我也在流泪,却是在心里流啊!

我也终于明白了张院长,不,张局长就是亚领导啊!

演　戏

张山虽然关在监狱里,但过着神仙般的日子。他住在一幢很漂亮的房子里,有吃有喝有玩,还有一个非常年轻美丽的女子相陪,门外的警察对他又是毕恭毕敬的……

模拟快乐

傍晚，唐汉在逛街，突然遇到张山。

唐汉非常意外："你，你，张山，你怎么出来了？"

张山"哈哈"大笑，一手搭唐汉的肩头，一手指手画脚地说："那当然，我想出来就出来，想进去就进去。"

唐汉看张山仿佛天外来客似的，"张山，你真的有这么大的本领？"

张山呵呵笑笑，道："那当然！那还用说！"

唐汉还是不相信，"张山，你快躲起来吧，再抓进去就不好了。"

张山非常认真地说："唐汉，这是真的，不会再抓我了。"

"可是，大家在电视上都看到你被警察抓进去了啊！"唐汉还是担忧地说。

张山一听这话，脸上就发红发紫，撇下唐汉气呼呼地走了。

唐汉感到莫名其妙，回到家便问肖医生："张山是不是逃出来了？"

肖医生说："有可能，也可能不是。"

唐汉抓抓自己的头皮，非常不能理解，"这是什么意思？"

肖医生说："就这个意思。"

这时候电视上正在播一条新闻：本台消息，本县公安局两天前抓捕张山的新闻是假的，当时编播人员错把张山演戏的录像当作新闻播出了，现在特向张山先生致歉！对有关责任人，我们将做出严肃处理……

唐汉眼睛睁得大大的，怎么也想不明白，编辑会把演戏的录像与新闻搞错？！

唐汉问肖医生："你说他们真的是搞错了？"

肖医生说："有可能，也可能不是。"

唐汉很不满意这样的回答，"你怎么这样说话？模棱两可，真气人！"

肖医生解释说："现实告诉我不可以全信，也不可以不信。"

唐汉听不下去了，便出门，刚走到街上，又遇到了张山。

张山问唐汉："你看电视新闻没有？"

唐汉很不耐烦地回答："看了。"

"知道真相了吧。"张山问。

唐汉非常严肃地问："电视台真的是把你演戏的录像播出了？"

张山却说："没有啊！"

唐汉非常惊讶："那抓你的新闻是真的？！"

张山大声地说："当然是真的啦！"

唐汉一头雾水，"张山，到底哪个是真的，哪个是假的？"

张山说："看在我们是病友的面上，实话告诉你，抓我是真的，电视台也没有播错！"

"那电视台为什么还要向你道歉？"唐汉已经越来越糊涂了。

张山狠狠地吸了一口烟，又重重地吐了出来，然后自鸣得意地说："我只能告诉你，如果我坐牢的话，就可能会有更多的人被抓进去。你懂了没有？"

唐汉摇摇头，张山见唐汉还是不明白，只好摇摇头离开了。

唐汉心里忽然感到非常害怕，连忙奔回家，把和张山见面的情况说给肖医生听。

"天下怎么有这样的事？真的是奇了！"

肖医生却轻描淡写地说："张山说得没错，他如果去坐牢的话，真的可能会有更多的人被抓进去。"

唐汉更摸不着头脑了，非常痛苦地问肖医生："这到底又是怎么回事？"

肖医生分析说："这是一种社会现象。"

131

"一种社会现象？"唐汉哭丧着脸说，"我真的想弄明白，可怎么也弄不明白啊！"

肖医生非常同情地说："你还是不要明白为好，明白了，心里会难受的。"

唐汉见肖医生的眼睛有些湿润，便问："你心里难受了？"

肖医生点点头，可马上又摇摇头。

唐汉顿时非常恼火了，大声责问："你为什么点点头又摇摇头？我真的很不明白啊！"

肖医生却无奈地说："跟你一时也说不清楚，你别想这事了，快去睡吧。"

唐汉只好闷着一肚子的气去睡觉了，还做了一个梦，梦见张山又被警察抓去了。张山虽然关在监狱里，但过着神仙般的日子。他住在一幢很漂亮的房子里，有吃有喝有玩，还有一个非常年轻美丽的女子相陪，门外的警察对他又是毕恭毕敬的……

装孙子

现在你不同以前了，你想做什么就做什么吧，你应该有自己的主见，你是一局之长，没有人可以跟你比的。从某种意义上说，你就是皇帝！你懂吗？

赵宋刚回到家，就被母亲悄悄地拉进了房间里。

母亲着急地问："你知道媳妇熬成婆的故事吗？"

赵宋看着母亲若有所思地点点头。

母亲又问:"你知道该怎么做吗?"

赵宋还是点点头。

母亲刚松了一口气,又说:"你得改改直率的性格,这样不好,会坏事的,你记住没有?"

赵宋苦笑了一下,直奔沙发而去,刚在沙发上坐下,父亲回家了,手里提着一捆书。

父亲看了一眼赵宋,就把手里的书交给他,说:"你得抽空看一看古代帝王的故事,这样对你有好处。你应该做到仁、孝、俭、静。你懂这四个字的含义吧?"

赵宋瞟了一眼父亲,道:"我又不是做太子,要看这些书做什么?"

父亲正色道:"这道理是一样的。你没有做太子的苦功,就休想做经理!"

赵宋脸红红的,顿时无语,更是不敢瞧父亲一眼。

对了,赵宋今天被任命为总公司里的事业部经理。

那晚,赵宋接到了好多亲朋好友的电话,他们对赵宋说了很多话,但主旨是一句话:让赵宋装孙子!

"赵宋,我们赵家就看你的了,现在只有你最有发展前途。你能装孙子,就能成大事;装不成孙子,就会很快滚蛋!"

这话是赵宋的本家兄弟赵汉说的。

那晚,赵宋没有合上过眼睛,心里反复地在想:装孙子,装孙子,装孙子……

果然,赵宋在总经理面前成了孙子。什么都听总经理的,什么都按总经理的指示办,总经理家里有事,赵宋就去帮忙。总经理嫁女儿,赵宋就去帮忙打扫新房子。卫生间的抽水马桶,赵宋擦得铮亮铮亮的。

模拟快乐

总经理去女儿新房时,赵宋刚好满头大汗地从卫生间出来。看到赵宋这付模样,就感叹道:"你呀你呀!你呀你呀……"总经理拍拍赵宋的肩膀,就离开了。

留下赵宋一个人,面对富丽堂皇的新房,赵宋忽然发现地板上有块污垢,连忙跪在地,从裤袋里掏出一块洁白的手帕,湿了一点口水,就去擦那点污垢。

若干年以后,赵宋终于当上了总经理。总经理退休了。推荐赵宋任总经理。

赵宋当上总经理的当晚回家,母亲拉着他进了卧室。

母亲问:"你知道媳妇熬成婆以后,婆婆应该做什么吗?"

赵宋一脸茫然地看着母亲,母亲见状,就道:"做主子啊!"见赵宋还是一脸不解,又说:"就是你想做什么就做什么!你可以说话算话了——你懂了没有?"

赵宋还是不解。但这时候父亲回家了,手里提着一捆书。

父亲看见赵宋从卧室里出来,就说:"这些是给你买的,你抓紧时间好好看看吧。对了,那本《彼得大帝》的书,你得用心读一读,对你很有用。"

赵宋接过书后,什么话都没有。

母亲悄悄地问父亲:"这儿子,是不是装孙子装傻了?"

父亲当即反对:"这怎么可能呢?装的毕竟是装的,哪里会变傻呢?"

当晚,赵宋接到很多亲朋好友的电话,他们对他说:是扬眉吐气的时候了。

"赵宋啊,现在你不同以前了,你想做什么就做什么吧,你应该有自己的主见,你是一局之长,没有人可以跟你比的。从某种意义上说,你就是皇帝!你懂吗?"

第三辑 特异功能毁灭记

当晚,赵宋怎么也睡不着觉,心里反复地在盘算:做主子,做主子,做主子……

第二天上班,秘书送来一份待签的文件。赵宋看着文件,不知所措。

过了半天,秘书来问文件签好字没有,赵宋面对文件,还是一脸茫然、无奈。

赵宋说:"你等一下,我去去就来。"

赵宋说着就出了局机关大楼,去老总经理的家。

老总经理见赵宋来访,很是高兴,连忙让座请茶。

赵宋却有些诚惶诚恐,连忙说:"总经理,我是来向您请示的。"

老总经理呵呵笑笑,然后从赵宋手里接过文件,戴上老花镜,很认真地看起来,看毕,就断然地说:"按制度办!"

赵宋连忙道谢,告辞。

从那以后,只要局里有什么大事小事,赵宋都要去请示老总经理。老总经理当然是非常乐意,甚至还在多种场合当着赵宋的面夸奖他,说像他这样敬重前任的已经很少了,难得,难得!

可是时间一久,老总经理却不高兴了,你想啊,正当老总经理在午休时,赵宋也会经常去请示,甚至于三更半夜也是。当然这些都是急事。

老总经理多次提醒赵宋:"现在你是总经理,你可以做主的,不应该再来问我了。我已经退休了。"

赵宋还是照请示不误。他已经习惯了。

一天,赵宋把一份市里有关绿化植树的文件也去向老总经理请示。老总经理不想看,但经不住赵宋请求的目光,还是看了。当看完以后,却发现赵宋跪在地板上,从裤袋里掏出一块洁白的手帕,湿了一点口水,就去擦地板上的那片小污垢。

老总经理哭笑不得又非常痛惜地叹道："我怎么选这么一个人当总经理啊！"

模拟蜕变

唐宋很欣慰，就点击鲜花收下，却看到了一幅让他瞠目结舌心的画面：鲜花变成了花花绿绿的钱，一叠一叠的，叠成一座小山，横在眼前……

唐宋当上局长后就去拜访教授。教授很热情地把他迎进屋，对唐宋说："我研究了一种模拟蜕变的软件，你有没有兴趣试一试？"唐宋当即表示要试试。

唐宋坐在电脑前，教授替他打开软件。软件页面上出现一行字：欢迎唐局长来模拟测试。我们将通过心与心的交流，来测试你今后是否会蜕变。

唐宋觉得很新鲜，问教授："这软件真能测试出蜕变与否来？"教授说："还处在试验阶段，行不行看你的模拟结果。你不能有一次出错的。"唐宋信心百倍地说："教授，您放心吧，我会用我的真心模拟的。"

这时候电脑屏幕上出现一句话：唐局长，你当上局长后肯定会有同事朋友宴请，他们可能什么目的也没有，当然可能还会有目的。你会参加宴请吗？

唐宋觉得这道模拟题很特别，连他要想的问题都想到了。谁都知道一个人的蜕变是从吃请开始的。于是，他果断地选择了"不会"。

第三辑　特异功能毁灭记

屏幕上又出现了一行字：唐局长，你工作得很辛苦，很勤劳，完全可以说你把全身心都投入到工作中去了。可你怎么也不会想到，竟然有人说你工作不踏实生活作风不好等等让你很委屈的流言。遇到这种事，你将采取什么办法？

唐宋想：工作得好好的，为人也端端正正的，遇到这个问题确实很伤心很委屈，但是……唐宋采取了"你说你的，我干我的"办法。

这样的话：恭喜唐局长，你经过一年来的忍辱负重，任劳任怨，你终于得到上级领导的嘉奖，将颁发你模范局长的荣誉称号。你接受这个荣誉吗？

唐宋一时很为难，荣誉是上级机关颁发的，当然应该接受，问题是，我如果接受了是否会怀疑我这人有虚荣心，如果我真的虚荣心，那么蜕变的苗头肯定存在了。可是，我不接受这荣誉肯定不行，领导会不高兴的。

就在唐宋左右为难之时，忽然灵机一动：颁发荣誉那天，突然生病住院。

唐宋打进这句话时，屏幕上出现一个新画面：唐局长，你的回答得真聪明，由此推断，你的家人就有可能出事。

唐宋大惊，连忙输入一句话：我的家人绝对不会出事的！

屏幕马上出现了一段话：不管怎么样，这也是接受。当然你会说，你没接受，是他们代你接受的，但这跟你亲自接受没有多少区别。如同你家人接受钱财是同一个理。

唐宋倒吸了一口冷气，还想辩解，屏幕上又出现了新内容：由于你知识丰富，遵循科学发展原理，工作作风扎实，成绩越来越大，并受到了国家级的嘉奖。新闻媒介要对你进行跟踪报道。上级领导亲自给你打电话，要你好好配合新闻媒介的采访。荣誉不仅仅是你个人的，属于全市人民的。你同意跟踪报道吗？

模拟快乐

唐宋忽然发现教授设计的这些问题都是一个个陷阱,稍不留神就会掉进去出不来。唐宋狠狠心咬咬牙,打上以下一句话:拒绝采访。唐宋边打字边想:就算领导不高兴,也只能这样做,我绝对不想蜕变!

屏幕上出现了新的一行字:唐局长,由于你拒绝新闻媒介的采访,领导发怒了,你被调职了,调到一个没事可做的位子上。在这样的情况下,你将怎么办?

"怎么办?读书呗,把以前没时间读的书都读一读,还有可以做一些调查研究,对了,还可以把以前所做的事整理出来,做得好的,或做得不好的,统统地反思一遍。"

唐宋想到这里,就把这些话全打上去了。

就在这时候,电脑屏幕里出现了一束鲜花,还有一行字:唐局长,我非常敬佩你,有如此胸襟的领导,真是世上少有。我特意订了一束鲜花,送给你。

鲜花鲜艳夺目。

唐宋很欣慰,就点击收下,却看到了一幅让他瞠目结舌心的画面:鲜花变成了花花绿绿的钱,一叠一叠的,叠成一座小山,横在眼前……

教授拍拍唐宋的肩头,非常痛惜地说:"这就是蜕变!"

评选好人

医院"好人"评选委员会经过一天一夜通宵达旦的讨论,终于形成一致意见:唐汉同志被破格评选为七品大好人,奖金待遇与六品好人同。

第三辑　特异功能毁灭记

龙城轰轰烈烈搞"评好人"活动时，唐汉正好在外旅游。那天，唐汉突然收到肖医生的短信："你明天务必赶回医院报名参加评选好人的活动，否则将取消评选资格。"

当晚，唐汉就登上了回家的车，第二天中午进入龙城地界，不料，客车为躲避迎面而来的卡车，翻落江中。好在唐汉没有受伤，乘江水还没有溢满车厢之际，砸碎窗户，逃上了岸。惊魂未定，见江里有人在喊救命，唐汉就扑过去把她救了上来，又听有人在喊救命，再次冲向江里救人，再后来唐汉就不知道了……

醒来时发现自己躺在病床上，身边围着好多人。有记者采访唐汉："听说您一口气救了三名落水的旅客，因体力不支差点被江水冲走。请谈谈您的英勇壮举好吗？"

"我，我……"唐汉忽然回答："我想评上好人！"

唐汉今天必须赶到医院，否则就没有资格参与评选了。

"什么？您说什么评上好人？"记者莫明其妙摸不着头脑。

唐汉一骨碌从床上起来，冲出医院，身后却是记者的喊叫声："您是哪个单位的？"

唐汉没有理睬他，待赶到医院时，早已经过了下班时间。在公示栏里，唐汉看到了一张评选"好人"的通知。医院好人评选委员会经过公开征求意见，反复讨论，终于形成了评选好人的条件，与其对应的评选和奖励办法。

评选资格：凡是上年度考核合格的本院在职职工；刚参加工作未满一年的或受党纪政纪处分未满期限的除外。

评选档次：评选的好人将分为7品14个档次，一品分为一品大好人和一品好人……七品分为七品大好人和七品好人。评选奖励办法：一品大好人10000元，一品好人8000元……七品大好人400元，七品好人300元。

139

评选参照办法：院长为一品大好人，副院长为一品好人；门诊和住院部主任为二品大好人，其副主任为二品好人……有医士类职称的为七品大好人，没有医士类职称但工作已经满一年的为七品好人。

附录：参加评选名单如下：

……

唐汉一口气看了三遍，没有他的大名，"我，我，我评选好人的资格真的被取消了。"

这，这怎么行呢？如果我不是好人，那岂不是坏人了？！

唐汉心一急，汗就出来了，连忙跑着去人事科长的家。

科长一见唐汉就大声责骂："你去做什么了？啊，到现在才来。全院都报名了，只剩下你一个人。现在这个时候来报名，你让我怎么办？"

唐汉连忙道歉："对不起！真的对不起，路上堵车了。"

科长表情冷冷地说："你给我讲这些有什么用？我不能给你报名了。"

唐汉苦苦哀求，"科长您让我报吧，否则成坏人了怎么办？"唐汉的眼泪都出来了。

科长有些同情地说："唐汉啊，不是我不给你报名，那份名单已经送到张副院长那里去了，要么你去找找他吧。"

唐汉谢过科长，一路小跑敲开了张副院长的家门，可张副院长不在家。

唐汉问张夫人："请问您知道张副院长在哪里吗？"

张夫人说："下班时说不回家吃饭了，我也不知道在什么地方。"

唐汉只好告辞，从手机通讯录上找张副院长的手机号码，找了半天也没有。只好火急地跑到医院，终于在办公室里找到了。一个电话打过去,"嘟、嘟、嘟"地响了老半天,也没有接,再打时却关机了。

没有办法,只好直奔饭店,唐汉相信张副院长肯定在吃饭。只要有耐心,就一定能够找到的。唐汉一家又一家地找,一个包厢又一个包厢地询问,把县里所有的饭店都找遍了,也没有张副院长的身影,找得唐汉筋疲力尽,肚子也饿得贴在背脊上。

唐汉坐在酒店的石阶上,眼泪默默地流出来,唐汉知道时间已经过12点了,就算找到张副院长,那又能怎么样呢?唐汉已经没有希望当上好人了。

第二天的市报上有写唐汉的文章,还有唐汉救人的照片。

当天,医院"好人"评选委员会经过一天一夜通宵达旦的讨论,终于形成一致意见:唐汉同志被破格评选为七品大好人,奖金待遇与六品好人同。

责任指数

唐宋身先士卒,奋不顾身冲进了火海,抢救国家财产,还救出了被大火围困的李秘书和一名来办事的群众,唐宋却被大火烧伤了……

秘书给局长唐宋送来一份市里的简报。秘书说:"唐局长,你抽时间看一看,要汇报的。"唐宋说:"好的,我这就看。"秘书出去后,唐宋就开始看简报。简报还没看完,唐宋就喊叫起来:"李秘书,李秘书,你过来!"李秘书应声推门进来。

模拟快乐

唐宋手指着简报上的一串数字问："这责任指数'0'是什么意思？"秘书解释说："这是指我们单位今年上半年的工作责任指数。"唐宋思忖着说："这就是说我们单位上半年的责任为'0'，是这样理解吗？"

秘书想了想后说："应该这样理解吧。"唐宋顿时就跳了起来："那怎么行！我们单位的责任怎么可能是'0'呢？这就是说我这个做领导的没有责任嘛！"？秘书解释说："今年上半年，我们单位没有发生贪污受贿的问题，也没有发生群众性事件的问题，就是连小偷小摸小火灾的事也没有发生，正因为什么事都没有发生，所以责任指数为'0'。"

唐宋眼睛睁得大大的，继续听秘书往下说。秘书翻一下简报，手指着一排数字说："您看，司法局发生3件事，其领导采取断然措施，问题解决了，就得了3分；公安局发生了3件事，其领导采取果断措施，问题解决了，得到了表扬，得了3分，还奖励1分；还有……"

"你别说了，我懂了。"唐宋摆摆手，对李秘书说，"你想想看，我们应该出哪些问题，当然，这些问题要马上能解决的。"

李秘书还在考虑时，唐宋就说了："下半年如果我们要达到最高12分的话，正好每月出两个问题。你排排队吧，我们绝对不能让责任指数为'0'！"李秘书说："就是，我们管理局是大局，当然应该得最高分！"唐宋又说："最好是能加分的那种问题，明白吗？"

就这样，管理局的问题一个又一个地想出来了——

7月份，单位出了两起小偷事故，把办公室的电脑偷去了。唐宋当即就采取非常措施，在公安局的帮助下，在不到24个小时里成功将小偷抓获，还把电脑追了回来，特别是电脑里相关数据一点也没有损失。唐宋得到了上面领导的表扬，说他有责任有胆识。

事后，唐宋对李秘书说："看样子，有些问题，我们可以把握的，有些问题，我们得好好研究，让它出得跟我们的思维走，你说是不是？"李秘书连忙称是，还问："下个月会出什么问题呢？"唐宋说："可能是个男女问题吧。"

李秘书心神领会，男女问题果然出来了。李秘书老婆吵架来了，说要离婚，说得异常坚决！唐宋采取果断措施，经过三天三夜连续不断地做工作，让李秘书跟老婆重归于好，于是得到妇联的通报表扬。"你真有本领啊，夫妻吵架的事，你唐宋都能摆平。这说明你有责任性，有妇女意识！"唐宋却很谦虚，"哪里哪里，这都是我们的妇女同志好嘛！"

快年底时，唐宋问李秘书："你说，今年的责任指数还会有比我们高的吗？"李秘书想了想回答："按目前情况分析，其他部委局的责任指数还不到10分，而我们已经率先达到十二分了。"唐宋满意地点了点头，就说："我们还不能轻敌，你要盯紧一点。"

几天以后，龙城发生了一起警民冲突事件，公安局分管副局长被撤职，由于公安局采取的措施果断有力，很快平息了事件。市新闻节目做重点播出，其中有一句话：产生问题并不可怕，可怕的是产生问题后，我们领导同志对整个问题的态度。其实，这是一个非常严肃的责任问题！

唐宋听到了，也看到了，他非常生气：这不明摆着嘛，公安局的责任指数将会超过他们单位了。唐宋就不服气了，真的非常不服气！

就在年底前两天，管理局大楼突然着火。唐宋身先士卒，奋不顾身冲进了火海，抢救国家财产，还救出了被大火围困的李秘书和一名来办事的群众，唐宋却被大火烧伤了……

就这样，唐宋成了英雄，还获得了年度最佳责任指数奖。不过，遗憾的是，唐宋被烧伤的部位怎么也不能复原了。

领导的脚会数钱

我的脚尖再次轻轻碰了一下钱，钱又数过去一张了，我又惊叫起来："一张，又一张了呢！"我又用脚尖轻轻碰了一下钱，钱又数过去一张了。

我看到了，真的看到了，领导的脚在数钱，千真万确，绝对不骗你！我去领导办公室送文件，敲了敲门，听到领导说请进，我就进去了，让我意外的是领导盘坐在桌子后面的地板上，用脚在数钱，一张、两张、三张……数得很快，比我手数得还快，看得我目瞪口呆。

领导问我："你看我数得怎么样？"我忙说："数得真快，真神奇，真是天下少有。"领导笑笑说："来，你也来试一试。"我连忙摆手说："不不不，我没这本事。"领导建议我说："你回家练练，练了后就觉得用脚数钱，真是奇妙无比。"

这个我信，不用练也信，用自己的脚尖数钱，一张、两张、三张，无数张地数，那肯定有一种飘飘欲仙的感觉，有一种天堂般的享受。

回到家，我让老婆给我一叠钱，学领导的样，盘坐在地板上，脱去袜子。让脚指头数钱，可怎么努力也数不起来，数得满头大汗，依然没数上一张钱。

老婆见了哈哈大笑，还嘲讽我说："你这个神经病，你这个疯子，你这个傻瓜，脚怎么会数钱呢？你真的是想钱想疯了是不是？"

我沉下了脸喝道："你这个臭婆娘，给我闭嘴！告诉你吧，我们领导就是用脚数钱的！"我把领导数钱的事给老婆说了一遍，老婆这才很认真地问我："你们领导真的能用脚数钱？"我非常自豪地说："那当然，领导用脚数钱跟手数钱一样地快，一样地变幻莫测，真是太神奇了。前无古人，后无来者。"

老婆也学我的样盘坐在地板上，可怎么努力，脚指头就是不听话，就是数不了钱。老婆问："你们领导数钱时是不是有窍门儿？"我想了想说："这个我不知道。"老婆当场建议："你今晚就去领导家，向领导请教。"

我眼睛一亮："对啊！"说完，我便整装待发。老婆提醒我说："你要用我们自己家的钱数，绝对不能用领导家的。"老婆把一大叠钱塞进了我的包里。

到了领导家门口，我按响了门铃。领导很热情地迎我进屋，还拍拍我的肩头说："今天是什么风把我们的大秀才吹来了？"我脸一热，连忙诚恳地说："我想跟您学用脚数钱。"领导乐呵呵地说："好啊，我也真想收个徒弟呢。"

领导让我学他的样，盘坐在地板上，脱去袜子。我连忙从包里取出钱，放在领导的脚前，领导轻轻地用脚尖碰了一下钱，这钱仿佛听到了指令似的，就动起来了，如同在快速地翻书，嗖嗖地翻着，直到把一本书翻完为止。

我从包里又取出一叠钱，学领导的样，用脚尖轻轻碰了一下钱，钱动了一下，一张数过去了。我大喜："一张，一张，我数了一张了！"我的脚尖再次轻轻碰了一下钱，钱又数过去一张了，我又惊叫起来："一张，又一张了呢！"我又用脚尖轻轻碰了一下钱，钱又数过去

模拟快乐

一张了。

领导传授秘诀说："你先闭上眼睛，然后运气，把你身上所有的气都运到脚尖，让你的脚尖感觉成是你的手指，对了，你还得有耐心，要慢慢练。"我点点头。领导又说："今天不早了，明天我要开会，你回家再去练练吧。"

我就这样回家了。回家前，我把钱全留下了。领导说："你把钱带走。"我说："反正还要来向你学习的，就留这里吧。"领导说："那随你便了。"

从那晚以后，我每隔两天去领导家向领导学习用脚数钱，经过九九八十一趟虚心讨教，上万次的练习，终于学会了用脚数钱。当然，我用脚数钱的速度还没达到领导的地步。直到三年后，领导退居二线竭力把我推上一线后，我用脚数钱的速度跟老领导一样快了。

老领导不信，说："练到我这个程度起码也得十来年工夫。"我笑而不语，从包里取出一叠叠钱，说："谁数得多，钱就归谁。"老领导很赞同："好！"

我和老领导盘坐在地板上。我把一叠钱放在他的脚尖前，可老领导的脚尖怎么也不听话。我的脚尖如同验钞机在验钞票，哗哗地把钞票验进了我包里。老领导还在汗流浃背，还没数成一张钞票。老领导不耐烦了，老领导火了，老领导狠狠地一脚把钱踢得远远的。

老领导猛然起身，看也不看我一眼，就离开了单位，再也没来上班了。

第三辑　特异功能毁灭记

化验品质

人的液体如同人的品质，稍微出一点差错，整个身体就不对劲了。可人往往太过于重视身体骨肉的健康，而健康来自液体的观念却很少有人有。

如果人的品质，也弄个仪器来化验化验，肯定是奇妙无穷的

李永康在一家职工医院工作，做的是化验师。一天到晚跟病人的液体打交道，血呀尿呀粪呀什么的，都是病人最不喜欢而又迫切想知道结果的东西。他面对来化验的病人有时会想说："你血里有条虫呢！"当然嘴巴里绝对是这样说："下午四点钟来取结果。"

他有时也在想一个问题："人的液体如同人的品质，稍微出一点差错，整个身体就不对劲了。可人往往太过于重视身体骨肉的健康，而健康来自液体的观念却很少有人有。好在现在有了精确的化验仪器，不管你的身体健康好否，化验一下就很清楚了。如果人的品质，也弄个仪器来化验化验，肯定是奇妙无穷的。"

李永康想到这里，心里感到特别欣慰，目前没有哪一种职业能跟化验师相比，有本领知道人的液体里面到底有什么东西？化验师是探寻人类隐秘的真正特工！

有一天，院长陪着总公司刚上任的叶总来医院化验肝功能，正好是李永康当班，他给叶总抽了血，便专心做化验，让鲜红的血液注入仪器，仪器通电后就自动运作自动化验了。在等待结果

模拟快乐

过程中,李永康特发奇想:如果在肝功能众多项目的基础上,再加上一个"品质"的项目,是不是也会有结果出来?这么一想,李永康兴奋异常,他启动电脑,进入系统程序,在肝功能栏目里增添了"品质"一项,然后点击确定程序,电脑显示:您所增添的项目操作成功。

李永康大喜,心怦怦地跳个不停。要知道尽管增添成功了,但能不能出具体数据,那是关键。李永康心里紧张得要命。

一个小时后,仪器显示肝功能化验完成,电脑屏幕上显示出了肝功能的各项指标,而在这些指标的下面出现了"品质"两字,对应的地方有一个数据:20。

李永康兴奋得差点叫喊起来,脸涨得红红的,他狠狠地拍了一下脑袋瓜子,努力让自己冷静下来,不过心里还在想:这"20"所代表的含义是优还是劣?是不是应该有一个参考数值?这个参考数值如何获得?

第二天,有个乡下的农民来做肝功能化验。李永康特意观察了一下,这位农民看上去老实本分,言语不多,目光很静。李永康便记在心里,还感觉到这跟品质数值可能有关联。这位农民的肝功能化验结果出来了,品质数据对应值为"85"。这跟公司叶总的品质数值"20"相比较差距很大,那么,这品质的高低优劣如何划分呢?

从那天以后,凡是医院里来做肝功能化验的,只要李永康上班,都由他来做。他还对每一位来做化验肝功能的患者进行私下调查研究,内容有:一是他的工作能力与工作态度,二是待人接物如何,三是家庭成员之间是否亲近,四是社会活动方面,五是好人好事情况,比如是否有救人之壮举,等等。李永康都一一登记分析,并以图表的形式展示出来。

经过两年的不懈努力，做肝功能的病例数达到了 1000 例，李永康对其进行了系统归类，数值从大到小排列；对患者调查研究的分析结果也进行打分，数值也从大到小排列；然后让两者进行合并对照，李永康就发现了一个奇妙的现象：那些调查研究中得出好的或比较好的患者，他们的品质化验结果数值也是高的或比较高的，反之就低。

李永康经过反复计算核实，得出最终品质化验研究结论：数值 90~100 之间的为优秀，75~90 之间的为良好，60~75 之间的为一般；数值 50~60 之间的为比较差，30~50 之间的为差，30 以下的为绝差。

不料，李永康的研究成果被好事者偷偷曝光，总公司叶总得知自己被试验并被划到"品质绝差"类中，非常不悦，于是，通过不正常手段让李永康下了岗。李永康大声地对前来宣布这一决定的院长说："我研究的结果没错，你等着看吧！"

果然，一年后叶总被抓。叶总故意让公司下属的好几个分公司报亏损，把赚来的钱偷偷地汇到国外，然后找一个代理人，再把钱汇到国内来投资，办合资企业，名正言顺地侵吞国有财产。叶总完全是一个品质极其恶劣的人！

李永康却没有重新上岗做化验师，有位同事私下里对他说："院长说你很可怕，竟能测出人的品质，谁还敢让你重新上岗？"

李永康很气愤，只好带着他的研究成果去找买家了。

遭遇不可理解的结婚之假象

我们住的地方要拆迁了，按规定一对夫妻只能得一套房子，如果夫妻离婚了，那就可以得两套，你明白了吧？

唐明非常惊讶，给他介绍的女朋友芳芳竟然是结过婚的！其实，结过婚的也没有什么的，只要说明了就是，问题是，介绍人说："芳芳还是毛头姑娘，还没有谈过恋爱。"芳芳也说："我连男人的手都没有拉过，看见男人就会脸红。"

可是，唐明往婚姻登记处一查，芳芳却是名花有过主了的。

唐明问芳芳，芳芳回答："我真的没有谈过恋爱，真的没有跟男人拉过手，这结婚，这结婚，是为了房子。"经过芳芳再三解释，芳芳的结婚经历是这样的。那个男人的单位分房子，不结婚的人是没有的，男人为了分到房子，便认识了芳芳，如果芳芳同意结婚，就给芳芳5万块钱。芳芳就答应了。虽然跟男人结婚了，但没有住在一起。男人分到房子后，就离婚了。芳芳拿到了5万块钱，房子当然归了男人。

唐明更是不解："你们结婚了为什么不住在一起？太不可思议了！"

芳芳说："我跟他是假结婚，是假结婚怎么能住在一起呢？"

唐明还是不解："结婚是人生最伟大的事，你把最伟大的事当作是假的，太不可思议了！"

芳芳沉下了脸问唐明："你到底愿不愿意跟我相处？"

唐明回答："这不是我愿意不愿意的问题，而是我搞不懂，你为什么要假结婚？"

芳芳只好这样说："那我告诉你，我是为了钱结的婚。"

"啊，你，你怎么能这样说话？结婚是多少神圣的事啊！"唐明非常吃惊，又嘴巴结结巴巴地问："那你跟我相处为了什么？我可是没有钱啊！"

芳芳面对唐明有些沮丧地说："我不要你的钱，我是真心对你好的，我，我喜欢你！"

唐明看着芳芳，却是怪怪的眼神。

芳芳的脸红了，不敢看唐明，低下了头。

唐明还是理解不了，只好告别了芳芳。

唐明很苦闷，到了街上，遇到张侃。

张侃一见唐明非常开心，拦到他就说："唐明，我请你喝酒。"

唐明眼睛睁得大大的，非常吃惊：张侃可是一毛不拔的铁公鸡啊！

张侃不等唐明回答，就拉着唐明进了路边的小店。

张侃见唐明不信，便说："告诉你吧，我离婚了！"

唐明一听这话，更是惊讶了，忙问："你们到底怎么啦？你前天不是还说你和嫂子感情好得不得了，今天怎么离婚了呢？"

张侃呵呵地笑笑，说："假的。"

"假的？"唐明非常吃惊，眼珠子都突出来了。

张侃放声"哈哈哈"大笑，然后拍拍唐明的肩膀说："老弟啊，是这样的，我们住的地方要拆迁了，按规定一对夫妻只能得一套房子，如果夫妻离婚了，那就可以得两套，你明白了吧？"没等唐明回答，张侃又呵呵地笑着叫道："真爽，两套房子！"

模拟快乐

唐明却冷冷地问："如果你老婆，不，是你前妻不跟你和好怎么办？"

张侃当即断然回答："不可能的，我和她的感情好得不得了，这是假离婚！"

唐明说："如果你前妻遇到了一个比你好的男人呢你怎么办？"

张侃斩钉截铁地回答："不可能的，绝对不可能的。"

唐明说："我是说假如，假如遇到了，你怎么办？"

张侃很不耐烦地回答："没有假如，告诉你吧，我跟她还偷偷睡在一起的。"

唐明顿时傻眼了，"你，你，你刚才说，你们离婚了还睡在一起？"

张侃很自豪地回答："当然，这就是假离婚！"

唐明心里真是不舒服，结婚的不住在一起，离婚的却能睡在一起，真是太不可思议了！

唐明跌跌撞撞地从酒店里出来，刚好撞着了一个人，这人一把扶住唐明，便说："唐明兄弟，你喝多酒了。"

唐明眯着眼睛看了对方一眼，然后挥了一手，回答："唐宋兄弟，我没有喝醉。"

唐宋扶住唐明，然后递给唐明一张请柬，"唐明，请你明天来喝我的喜酒。"

唐明一听这话，酒醒了大半，"唐宋，你，你刚才说什么了？"

唐宋回答："请你明天来喝喜酒啊！"

唐明睁大眼睛看着唐宋，然后看看请柬道："这喜酒不会也是假的吧。"

唐宋听了唐明的话，连忙往四周看了看，然后压低声音说："你别嚷嚷嘛！"

唐明说："不嚷嚷就不嚷嚷，我怕谁啊，真是的，你上个月离婚，这个月又结婚，真是太不可思议了！"

唐宋委屈地解释："我不就是为了当上局长嘛，想当局长就得娶县长的丑女！"

唐明狠狠地瞪了唐宋一眼，把请柬往唐宋怀里一丢，顾自跌跌撞撞地往前走了。

亚医生

亚医生从护士手里接过一把手术刀，照准右下腹盲肠的部位，一刀切了下去。然后，把手术刀递还给护士，对副手说："你来吧。"

亚医生今天上午有个手术，是患者家属通过关系请他做的。因为亚医生是目前龙城医院里唯一的一位外科副主任医师。对了，副主任医师相当于大学副教授。

亚医生进手术室前接收了患者家属的一个红包。其实亚医生是不想收的，但考虑到如果不收的话，患者家属就会不放心，就会认为亚医生剖开肚皮后，本应切除的盲肠不切。这一点亚医生心里非常清楚。

亚医生双手清洁消毒后，穿上消毒服，戴上一次消毒手套，就站在手术台前了。那时候患者已经麻醉了，副手和护士在等他。亚医生问了一句："都准备好了吗？"得到肯定答复后，亚医生便说："那开始吧。"

亚医生从护士手里接过一把手术刀，照准右下腹盲肠的部位，一刀切了下去。然后，把手术刀递还给护士，对副手说："你来吧。"

模拟快乐

副手变成了主刀，找到盲肠，然后切除，然后取出盲肠，然后缝合切口，缝合肚皮表面刀口，缝到最后一针时，亚医生又对副手说："我来吧。"从副手手里接过缝针，把最后一针缝上。亚医生松了一口气，指示道："送回病房吧。"然后在手术记录单的主刀栏里签下自己的大名。

接下来，亚医生换了衣服，没有去病房看望刚开好刀的患者，而是直接下楼，来到医院大门口。这时候从一辆宝马车上下来一位漂亮女士，她微笑着朝亚医生招招手。亚医生就快步过去。女士请他先上车，亚医生却谦让着，一定要女士先上，女士只好先上，就这样，亚医生随女士上了车。

宝马车行驶了不到20分钟，停在一家五星级的宾馆前。亚医生下得车来，抬头望了一眼上面的横幅——热烈欢迎各位医生专家莅临洽谈会。

这是一家药厂在举行新药推广会。

亚医生在会议上作了中心发言，内容大致如下：各位医生，各位专家，大家都知道，外科医生最担心的是患者的伤口感染得不到有效控制，甚至出现手术后更严重的感染。这一直来困扰着外科医生的技术水平。不过，现在好了，明光药厂生产的"先锋灵注射液"，是控制手术后细菌感染最有效的药物。从本院临床使用来看，有以下十个特点……

亚医生说完十个特点后，药厂代表便开始向与会者订货。接下来，就是吃饭，就是喝酒。亚医生是在一间包厢里吃的，和那位漂亮女士一起。当然还有药厂领导和医药公司的领导。

饭后，亚医生留下午休。漂亮女士跟着亚医生来到房间，还从包里取出一只大信封，递给亚医生，悄声地说："余下的，下次给你。"亚医生把它塞进自己的包里，然后笑笑。

漂亮女士离开房间后,一位更年轻漂亮的女子进了房间……

直到下午3点钟,亚医生才起床,伸了伸腰,看了看时间,就连忙穿衣裳了,可当双脚落到在地毯上时有些发软,头也有些发晕。亚医生嘴里骂了一句:"这小妞,真他妈的来事!"

下午是医院办公会议,亚医生是外科主任当然得参加。会上院长传达了全省卫生系统年度工作会议精神,又布置了明年的工作目前任务,还点了亚医生的名,"明年你可以晋升主任医师了,你得抓紧,否则,我就撤你的职!"

亚医生吓得全身冒汗,连忙表示:"请院长您放心,论文我在准备了,估计没有多大问题。"院长罢罢手,就说另外的事了。

亚医生内心也有些急了,能不着急吗?如果要晋升主任医师职称,必须要在国家一级期刊发表2篇论文,外加国家二级期刊发表6篇,一共是8篇论文。这可都是货真价实的,来不得半点虚假。目前,亚医生只有二级期刊论文2篇,离要求差远了。离上报材料时间不到10个月,难度是可想而知的。

好在亚医生聪明,很快想出了一个好办法。当天晚上找出十多年前的期刊杂志,那些有关外科手术的文章,他一口气扫描了10篇,然后在电脑里使用"替换"键,把原来"青霉素"字样,全改换成了"先锋灵注射液"或目前国内最常用最先进的抗菌素药物,然后用电子邮箱,直接寄往全国各种一二级医学杂志。

做完这一切,亚医生非常自信地自语道:"估计发表6篇是不成问题的啦!"

其实,亚医生晋升副主作医师时,也是这样发表论文的。

对了,像亚医生这样的人已经越来越多,而且都非常吃香。

模拟快乐

拆墙洞

　　为了迎接上面卫生城市检查，领导决定砌这道隔离墙，花了整整一个月时间，把整个民工居住区给围截了起来。

　　送走检查团，领导就指示我："去叫几个人来，把那墙开个洞。"

　　那墙就是那道隔离墙，是前天封上的。墙这边是现代化的都市，整洁气派；墙那边是民工聚集居住的地方，破烂不堪，又脏又乱。为了迎接上面卫生城市检查，领导决定砌这道隔离墙，花了整整一个月时间，把整个民工居住区给围截了起来。

　　我打电话给张老板："你找几个人来，给那道墙拆个洞。"张老板当即答应派人来。我是喝了一杯茶后才去的现场，张老板已经在了，还有三个泥工。张老板指了指墙面问："开在这里吗？"我看了看说："就这里吧。"在这个地方有一条小马路通往民工居住区。

　　泥工就开始打洞，只一会儿时间，就打出一个大洞，人可以进去了。泥工扩大战果时，却从墙那边传来了声音："谁叫你们打洞的？啊！"泥工胆怯怯地说："是徐主任让我们打的。"那边声音又传来："请让你们徐主任来说话！"

　　这些话我都听到了，我走近墙洞，往里看是一个穿着制服的男子。他问我："你是徐主任吗？你不知道你们这样打洞会影响我们的工作生活还有学习，难道你真的不知道吗？"

　　我冷冷地并严厉道："你是谁？你凭什么说这样的话？啊！告

第三辑　特异功能毁灭记

诉你，在这里打洞是领导的决定，是领导的意志，谁也不能否定！"那人盯了我一眼，就很快离开了。我挥挥手对泥工说："快打，争取半天搞定。"

洞很快打好了，我就跟张老板一起走了进去，抬头望过去，却让我大吃一惊："这，这，这是哪啊？"整洁干净的街道，漂亮的房子，还有花红草绿的，如同进入一个城市花园。这跟我们市政规划中的城市面貌很相像。

张老板的眼睛也是睁得大大的，他一步步地往前走，嘴里念着："这是哪儿呢？昨天不是这样的啊！"我接过话头说："是啊，昨天封洞时，还是破烂不堪的。"

我和张老板走到了街道上，人见了我们很有礼貌，都会朝我们友好地笑笑，还会问我们需要什么帮助，说随时可以为我们服务的。我和张老板不敢说话，看了一会儿后连忙返回了。从洞里钻过来，我立即打电话给领导，请他赶快来。

不一会儿，领导来了，我简要地汇报了一遍，就带着领导钻过墙洞去，往里面走。只走了几步路，领导的眼睛就发亮了，领导惊叹："这，这是哪啊？不是原来的样子啊！"我也跟着附和说："是的，领导你看，那房子，全是别墅，还有那花草，跟我们进口的还要漂亮。"

领导问我："你问过这里的人没有？"我说："我哪里敢跟他们说话啊。"领导盯着我，我忙又补充说："不过，这里的人会主动跟我们说话的，很热情很友好。"领导说："等一会遇到人，你什么话也不要说，只看不说。"

我点点头，跟着领导的屁股后头继续往前走，当走到街道上时，领导站着不动了，领导的目光往四周散去，这里看看，那里望望，然后，手指着一幢幢房子说："你看到没，房子都像个家字。"

157

模拟快乐

我看到了，真像一个家，一个个"家"字，错落有致，又很自然地排列着。我说："这家字的创意真好！"领导却愤愤地说："这也是我的创意啊，想不到他们竟然抢先用上了。"

我连忙表示："跟他们打官司吧，哪怕花最多的钱，也要夺回知识产权！"领导看了我一眼，微微一笑："这事，你去办吧。"我应声道："请领导放心，我一定办好！"

领导看了个把小时后，就回来了。领导指示我说："你快组织新闻媒体记者，争取在最短的时间内报道此事。主题：城市花园。"

我应声而去，还没有走出办公室，领导又叫住了我，指示我说："对了，你快找几个人把墙洞给封了，现在对谁也不能说，明白了吗？"我当即表示："我明白！领导！"

我连忙去了现场，对泥工们说："快把墙洞封起来。"泥工不解："刚拆了又要封，干的是什么活？"我喝道："要你们封就封，又不少你工钱，你罗嗦什么！"

我进墙洞又看了那边一眼，还拍了几张相片，就让泥工封上了。

三天后，隔离墙再次拆了一个大洞，我带着记者进去了……

上面来卫生城市检查时，领导就往墙那边带了。对了，来检查的前一天，领导就会对我说："你找几个人来，把这边给封了吧。"

超常规生儿

这位满脸皱纹白发苍苍的小老头，毕恭毕敬地对张老头叫了一声："爷爷！"

第三辑　特异功能毁灭记

张老头顿时目瞪口呆，突然瘫软在地，不省人事。

张老头大清早从外地旅游回来，对妻说："你马上给儿子媳妇下达超常规生儿的指示。"他说买来了超常规生长素。张妻心花怒放，待儿子媳妇起床后，便指示："你们今天在家生个儿子。"

儿子乐呵呵地笑了，说："妈，生儿子又不是一天能生下来的，就算我没问题，要等媳妇排卵时才能同床，还要经过10个月的怀孕，怎么能这样说让我们今天就生个儿子呢？"

张妻说："我和你公公今天就想抱上孙子。"张老头也在一边帮着称是。

媳妇见公公婆婆认真了，脸红红地说："婆婆，就算我现在想生也不行啊，还没到排卵期。"

张妻从包里取出一包药物，说："这是催排卵的药，你吃后10分钟就排卵，就可以……"张妻对儿子说："你陪媳妇去吃药。"儿子很不情愿地接过药拥着媳妇进卧室去了。

张老头和张妻好不开心，抿嘴而笑，他们一边做家务，一边哼起了小曲。张老头还从包里取出一包药，让张妻冲泡了一杯开水，凉在桌上。一个小时后，儿子和媳妇从卧室里出来，脸红彤彤的，却低着头。

张妻端起刚才泡好的这杯药水给媳妇，说："你喝了这杯水，就可以测定是否怀孕了。"

媳妇当场喝下这杯开水后，由儿子陪着去卫生间测试，不多时从卫生间传来了振奋人心的声音："我要做爸爸啦！"儿子抱着媳妇从卫生间出来。媳妇捂住她的小肚子，很激动，很幸福，很陶醉。

就在这时候，张老头递给张妻一包药物，耳语了几句，张妻微

模拟快乐

微点头，然后对媳妇说："媳妇啊，这是生长素，你吃了后，宝宝就会加速发育生长。"

媳妇眼睛亮亮地问："当真？"

张老头补充说："那当然，你看看说明书。"

媳妇跟儿子一起看说明说，边看边念："喝了生长素，宝宝提前长大三个月。真的吗？是真的吗？妈，爸，这是真的吗？"

张老头点点头，张妻说："当然是真的啦，你快吃吧。"

媳妇把生长素服下去后，肚子果然有三个月那么大了。

张老头说："这就是科学，我们一定要相信科学，科学就是要让我们在最短的时间内取得最大化的成果。这也是我这次去旅游参观学习的成果。"

张妻问："还有生长素没有？"

张老头说："当然有啊，这第二种生长素喝了后又能提前三个月时间。"

张妻："你是说再喝一次生长素，媳妇就会有六个月的身孕了。"

张老头说："那当然！"说着从包里取出一包药物。

媳妇接过药，就快乐地泡了，就开心地喝了，药刚刚喝下去，肚子就大起来，大起来了，看上去果然有六个月大了。

张妻惊喜万分，儿子媳妇相拥着流着幸福激动的泪。

张老头对儿子媳妇说："你们回房间去休息，等会叫你们。"

儿子媳妇进卧室后，张老头问张妻："你今天想不想抱孙子？"

张妻问："今天抱孙子，不可能的，再怎么着也得再等三个多月。"

张老头说："我告诉你吧，还有一种最新最科学的生长素，怀孕六个月的人喝了它，马上可以生孩子。"

张妻："当真？"

张老头从包里掏出一盒外观绿颜色的药物，盒子上面的广告词是这样写的：现在喝了它，等会抱宝宝！

张妻问："真的能马上生下孩子？"

张老头说："我参观学习时特意去请教过有关专家学者了，说是百分之百可靠！这是生命科学的最伟大的成果！"

张妻便叫儿子媳妇出来，说："今天想不想抱上你们的宝宝？"

儿子媳妇异口同声："想，我们太想了！"

张妻递给媳妇一包药，说："这是最新发明的生长素，我们请教过专家学者了，百分之百可靠！这是生命科学最伟大的成果！"

媳妇喝了第三种生长素不久，就开始喊肚子痛了，"哎哟、哎哟、哎哟……"

张老头果断地道："快打120！"

120救护车很快来了，张妻对张老头说："你别去了，守在家里。"

张老头在家里来回不停地走着，一会儿高兴得擦拭眼泪，一会儿又乐呵呵地独自笑个不停。

两个小时后，张妻带着一个小老头回家来了。

张老头问："媳妇生的是儿子还是闺女？"

张妻却对小老头说："快叫啊！"

这位满脸皱纹白发苍苍的小老头，毕恭毕敬地对张老头叫了一声："爷爷！"

张老头顿时目瞪口呆，突然瘫软在地，不省人事。

模拟快乐

补墙洞

张老板便让两位泥水工快动手,两位泥水工不敢上前。张老板只好亲自动手,我主动上前打下手。很快,墙洞粉刷好了——唐局长被粉刷了,粉刷得跟整堵墙没有区别。

唐局长问我:"那个墙洞补好没有?"

我回答:"早上去看过了,补得很好。"

唐局长指示我说:"你再去检查一遍。"

我应声离开了办公室,很快到了楼下,到了那补墙的地方——墙洞依旧在!

我很愤怒,这是泥工在骗我!

这个补墙洞的泥工傻站在墙洞前,一见我就叫:"徐主任,徐主任,这,这洞……"

我严厉地打断了他的话:"你,你干吗又把洞挖出来?啊!你找死啊!"

泥工很委屈地说:"徐主任,不是我啊,早上你也看到的,我补得好好的。"

是啊,我早上检查过的,墙洞是补得好好的,还粉刷了白灰。

"不是你,难道还会有人搞破坏?啊!都是你没补牢!"我再次严厉地喝道。

泥工眼巴巴地望着我,吓得不敢吭声了。

"快补上吧,我给你双份工钱。"我不想拖延时间,也没时间好拖延了。

泥工很不情愿地去补洞了。其实，这个墙洞不大，只有一个人弯腰才可以进入的墙洞。

我当即向唐局长作了汇报，唐局长还没听我说完，就暴跳如雷，对我骂道："你，你，你他妈快想办法给我补上，如果，如果……你，你听到没有！"

我还能听不到吗？我已经让泥工快补上了。

墙洞补好时，唐局长就赶到了。唐局长检查完后，转身就要走，刚走了三步路，那刚补好的墙洞又显现出来了——这是我亲眼看到的，谁也没推它。

我惊叫起来："那洞，那洞，唐局长，那洞，快看！"

唐局长也慢慢地回头看了，看见了，那墙洞一点点地大起来，大起来，大到跟补洞前一样。墙砖和泥沙落在地上。

唐局长的眼睛瞪得大大的，唐局长的气都不喘了，唐局长盯着墙洞，不敢靠近。

泥工吓得屁滚尿流地跑了，边跑还边叫："我钱也不要了，钱也不要了！"

我也有点惊慌失措了，心"嘣、嘣"地乱跳。

唐局长毕竟是领导，很快镇静了，命令我："你快找两个泥工来，要快！"

我当即打电话给跟我们单位关系最好的房地产商张老板，"你给我以最快速度送两名泥水工到紫荆南路来！对了，就现在！"

这时候，唐局长在通电话，脸色非常难看，很显然，唐局长在向上面汇报，肯定挨骂了。我当作什么都没看见，心里却很欣慰："你唐局长也有被骂的时候啊……"

十分钟后，张老板亲自送来了两名泥水工。

模拟快乐

我就对两泥水工说了要求,泥水工就动手补墙洞了。

张老板也没离开,跟唐局长在说话。

半个小时后,墙洞再次被补上了,补得非常漂亮,看不出与整堵墙有什么区别。

唐局长也很满意,对张老板说:"过些天,我们聚一聚吧。"

张老板当即表示,"好的,就去阆苑城。"阆苑城是新张的高档娱乐城,吃、玩、住一条龙服务。据说还引进了几位外国美女。

就在这个时候,那刚补好的墙洞,突然又一点一点地显现出来了……

唐局长惊恐万状,面对着墙洞,一点点地跟原来一样大了……

唐局长一步步地走向墙洞,这里摸摸,那里瞧瞧,又往里面看看,然后站住墙洞里,面朝外不动了,刚好封住了整个儿的墙洞。唐局长张着嘴巴说话,可没有声音。我感动奇怪,走到唐局长的眼前。唐局长便跟我说话,还是什么声音都没有。

我连忙去拉唐局长的手,可唐局长的手僵硬硬的。我突然感到害怕,连忙后退几步,掏出手机,打给我们单位的主管郑副县长。

郑副县长还没听我说完,就说:"你别走开,我一会儿就到。"

张老板也不敢靠近,远远地看着。两名泥水工惊吓得不敢朝墙洞看了。

郑副县长来了,他叫了唐局长的名字,唐局长的嘴巴在动,却没有声音。

郑副县长对唐局长说:"看来还要委屈你一下子。"

唐局长的嘴巴不停地动,就是没声音。我还发现唐局长的眼眶里溢出了泪水。

郑副县长抬腕看了看手表，断然地对张老板说："粉刷吧，再不粉刷没时间了！"

张老板便让两位泥水工快动手，两位泥水工不敢上前。张老板只好亲自动手，我主动上前打下手。很快，墙洞粉刷好了——唐局长被粉刷了，粉刷得跟整堵墙没有区别。

12点整，浩浩荡荡的检查队伍，从这里顺利通过。

表面现象

现象跟真相有时是分开的，有时是一体的。如果现象与真相分开的，那你完全可以搞清楚。如果现象与真相是一体的，你就很难搞清楚他们之间的关系了。谁是真相，谁是现象，已经无法辨认，它们已经变成煎过的中药汤了。

工作了半个月后，失忆人对他的领导很同情，回家对肖医生说："我们领导很怕老婆，在家大小事情都是老婆说了算，真可怜。"

肖医生淡淡地说："这是表面现象。"

失忆人说："我们领导的工资奖金都是一分不少上交的，老婆不给他一分钱，真可怜！"

肖医生又是淡淡地说："这是表面现象。"

失忆人又说："我们领导没钱给自己换新手机，他那只破手机用了五年，真可怜！"

肖医生还是这样回答："这也是表面现象。"

失忆人非常不满肖医生的回答，叫道："你这个说是表面现象，

模拟快乐

那个说也是表面现象。这到底什么是表面现象啊？"

肖医生耐着心开导他："看问题，不能看它的表面，应该看他的实质。领导怕老婆看起来是事实，你细细想想，这领导为什么会怕老婆？至于你们领导没有一分钱，用了五年的破手机，这里面的问题肯定很复杂。"

失忆人听得云里雾里，问："你是说表面现象里面还有很多的东西？"

肖医生笑了，"是的，谁也不可能知道领导怕老婆的真实原因，包括领导没有一分钱和用破手机的真相。"

失忆人若有所悟。

过了一些天，失忆人下班回家后，非常苦恼，沉着脸，不说一句话。

肖医生问他："遇到什么烦心事了？说给我听听。"

失忆人便说了，"我们领导被警察抓走了，办公室里搜出了好多部款式新颖的手机，还有好多好多的钱。领导为什么会有这么多的钱，还有买这么多手机做什么？他的钱不是都交给老婆了吗？"

肖医生很严肃地说："你看到的依然是表面现象，很多实质性的东西，你是无法看到的。"

失忆人真的被搞糊涂了，"这怎么又是表面现象呢？"

肖医生说："现实生活中，有些人就是这样的，特别是当上领导后，他表面上的东西很多，有些是做给更大的领导看的，有些是做给老百姓看的。"

失忆人脑子里已经变成一团浆糊了，非常不解地问："现在领导已经被抓走了，怎么还是表面现象呢？"

肖医生想了想说："你们领导抓走是事实，只能说是暴露了一种真相，而不是全部的真相，要等到完全的真相暴露出来以后，才可能会知道。"

失忆人有些明白了，知道了有些真相，也是表面现象。

果然，半个月以后，失忆人欢天喜地回家对肖医生说了。

"我知道真相了，我们单位里领导的领导被抓起来了，据说是领导交代出来的。"

肖医生说："对啊，这就是你们单位领导的真相，他的真相就在这里，但是，这也是表面的现象。"

失忆人又糊涂了，问："这，怎么又是表面现象呢？"

肖医生说："这件事，对你们单位领导来说是真相，可对于你们单位领导的领导来说，就是表面现象了，谁也不知道当中的真相在哪里？"

失忆人简直是在听天书，异常痛苦地问："我失忆前也和你一样想的吗？"

肖医生回答："是的，很有可能比我想得还多还复杂。"

失忆人断然地说："如果是这样的话，我宁愿不恢复记忆！"

肖医生笑笑，没有答话。

过了一段时间，失忆人回到家兴高采烈对肖医生说。

"我们领导的领导的领导，今天被抓走了。这是完全的真相，大家都这么说。"

肖医生依然淡淡地说："有可能是，也有可能不是。"

失忆人问："为什么？"

肖医生清了清喉咙说："现象跟真相有时是分开的，有时是一体的。如果现象与真相分开的，那你完全可以搞清楚。如果现象与真相是一体的，你就很难搞清楚他们之间的关系了。谁是真相，谁是现象，已经无法辨认，它们已经变成煎过的中药汤了。"

失忆人泄气了，叹息了，只好随口道："只能这样理解吗？"

模拟快乐

　　肖医生说："是的，不过，也不是。"

　　失忆人眼睛一亮："你快说！"

　　肖医生说："时间能辨别谁是真相谁是现象。当然，也有可能辨别不出来。"

第四辑　富人招聘乞丐

富人决定招聘一名乞丐。富人把招聘启事张贴出去。启事上是这样写的：本人决定招聘一名乞丐，要求年龄在50~70岁之间，能吃得起苦，耐得起劳。无论刮风下雨还是冰天雪地，都要有坚持乞丐的决心与信心。乞丐工作一般每周1~2天，待遇：每月发工资3000元整。备注：乞讨来的钱物归乞讨者所有。

一只奇特的盖子

这仪式还是要隆重地搞一个的，除单位领导参加外，还应该请市里的领导出席。当然晚上，我做了一梦，梦里我掀开了盖子，钻到里面去了……

领导非常严肃地对我说："你去管盖子吧。"我心里欣喜若狂，连声说："谢谢！谢谢！"领导随即就任命我为副组长。

对了，我们单位专门为一只盖子成立了保护盖子领导小组。组长当然由领导亲自兼任，副组长是专职的，行政级别为正科级。

我上岗后的第一件事，就是要给盖子加一只盖子，特意请来专家给盖子做设计。专家是从北京请来的，我专程前往迎接，先是坐飞机到省城，然后派专车把专家接到单位。当天，我没有请专家去看盖子，而是请到市里最好的饭店吃饭，当然，吃饭喝酒是表面上的名义，实际是要跟专家接好关系，让专家能做出一个非常特别的设计出来。

当然，单位领导作为兼任组长，也亲自作陪，领导作陪了，当然单位其他副职也跟着来了。那天晚上，我们一共有近二十个人陪专家吃饭喝酒，花费了我好几个月的工资，当然，这钱由单位来出。

第二天，我请专家来到现场看盖子，专家看了一眼，就皱起了眉头，我见状连忙小心翼翼地问："请问专家先生，这盖子能设计吗？"专家瞪了我一眼，严肃道："有点难哪！"我连忙表示："专家，请您无论如何要帮我们设计好，费用没问题的，您尽管设计好了。"专家这才微微点了点头，认真道："我尽量吧。"仿佛是悬在心口的石头忽地落地似的，我轻松地嘘出了一口气。

专家毕竟是北京请来的专家，经过一个多月日以继夜的设计，终于成功地设计完成了盖子的盖子，方案非常复杂，说得具体一点就是要做一只比原来的盖子更大的盖子，东南西北方位各加上一把锁。

送走专家的头天晚上，我把专家的报酬付清了，不多，只是一张银行卡，具体数字，不能说，这是秘密，反正专家见了我写的数字后，就眉开眼笑了，笑过后，拍拍我的肩头说："来北京，我请你吃大餐！"我也是笑笑，当即答应道："好啊，你请客，我买单！"

设计好盖子的盖子后，我请来了一位做盖子的工匠，工匠看了图纸后，面有难色，摊开双手说："我做不来。"我连忙说："师傅，你无论如何也要想办法帮我做啊！"工匠说："这太难了，难得我没法想象。"我说："师傅您肯定有办法的！"工匠如实相告："我做了三十年的盖子，这样的盖子从来没有遇到过，我真的没办法啊！"

我只好请示领导，领导当即拍板："请省里的吧，省里请不到就请北京的。"于是，我立即行动，通过关系请到了省里的一位专门做盖子的专家，专家看了图纸后，说："有点难啊！"我一听这话有戏，忙表示："请您放心，费用不成问题，只要能做出来。"专家看了我一眼，就说："那我试试。"我暗暗高兴，嘴里说："试吧，万一试不好，酬劳照付！"

专家毕竟是省里的专家，经过七七四十九天的试制，终于成功地做出了一只盖子的盖子。领导亲自来为专家祝贺，还亲自把支票送到专家的手里，"感谢啊感谢，您帮我做成了盖子的盖子！"

盖子就这样做成功了，就要加固到盖子上面去了。这时候发生了一点小问题，领导出事了。领导出事后，加固盖子的仪式拖延下来了。新的领导接任后，他做的第一件事，就是来到盖子面前，看了老半天后，对我说："你还是管盖子吧。"

我当然又是欣喜若狂，领导又说："这盖子能否捂住对于我们单位来说实在是太重要了，这样吧，你这个副组长的行政级别应该提一提了，就定副处级吧。"

我，我，我太高兴了，真的，我们单位发现这只盖子后，先是由一名工人看管，然后是一名干部，后来是一位科员，再后来是副科级，轮到我时从科级提升到了副处级，说不定还会向正处级发展呢！

想到这里,我就满怀信心地去设想如何把新做好的盖子盖上去,

模拟快乐

当然,这仪式还是要隆重地搞一个的,除单位领导参加外,还应该请市里的领导出席。当然晚上,我做了一梦,梦里我掀开了盖子,钻到里面去了……

那个无事可做的午后

我明白了,昨天张侃上楼见到领导了,可能是领导见过张侃后改变了决定。我非常眼红,恨不得重新来过,对,我要让时间倒回去,重新来过。我不骗张侃了。

一

那个无事可做的午后,我忽然心血来潮给张侃打了电话,让他过来一下。张侃跟我一起参加了单位副主任竞聘,结果,他和我一样落选了。

张侃到了我这里,一屁股坐在沙发上,耷拉着脑袋,无精打采。

我有些严肃地说:"张侃,刚才领导打电话到我这里来了,让你去一下他的办公室。"

张侃懒洋洋地问:"干什么?"

我说:"我怎么知道?刚才我去过了。"

张侃听我一说,一下子跳了起来:"你去过了?"

我回答:"是的,去过了。"

张侃连忙拔腿就往楼上跑。

我听他"噔、噔"地上楼了,开始笑个不停——我是骗他的!

自从落选，我心情非常压抑，很想骂人、摔东西，唉，这"官"字真是伤人哪！

没过多久，张侃脸红红的进来，坐在沙发上，一声不吭。

我问他："张侃，怎么啦？领导批你了？"

张侃低着头没有回答。

我再问："张侃，你说话啊！"

张侃狠狠地瞪了我一眼，喝道："都是你啊！"

我故作镇静："我怎么啦？"

张侃嘴巴动了又动，然后却说："没什么。"起身回去了。

我觉得奇怪：这张侃，肯定遇到什么事了。

第二天，竞聘副主任的结果公布，张侃竟然榜上有名！

我问张侃："你说吧，到底是怎么回事？"

张侃摊开双手，回答："我也不知道。"

我再问："你昨天上楼见到领导没有？"

张侃脸红红的，看着我没有回答。

我明白了，昨天张侃上楼见到领导了，可能是领导见过张侃后改变了决定。我非常眼红，恨不得重新来过，对，我要让时间倒回去，重新来过。我不骗张侃了。

二

那个无事可做的午后，我忽然心血来潮给张侃打了电话，让他过来一下。张侃跟我一起参加了单位副主任竞聘，结果，他和我一样落选了。

张侃到了我这里，一屁股坐在沙发上，耷拉着脑袋，无精打采。

我说："张侃，晚上我请你去喝酒。"

张侃当即表示："好啊，我也这么想呢。"

模拟快乐

于是，我跟张侃东一句西一句的，说了很多话。

快下班时，张侃说："我去关一下门，你在楼下等我。"

看着张侃进了他的办公室，我便去了卫生间。

当我从卫生间出来时，张侃正好从楼上下来，脸红红的，还低着头。我心里却"咯噔"一下，便和张侃去喝酒了。我喝得很少，张侃喝醉了。

第二天上班，竞聘副主任的结果公布，竟然还是张侃！

现在完全可以断定，张侃能够让领导改变决定，就是因为张侃上楼见了领导。

如果我不让张侃上楼呢？对，不让张侃上楼，再重新来过！

三

那个无事可做的午后，我忽然心血来潮给张侃打了电话，让他过来一下。张侃跟我一起参加了单位副主任竞聘，结果，他和我一样落选了。

张侃到了我这里，一屁股坐在沙发上，耷拉着脑袋，无精打采。

我对张侃说："我有点事，想请你帮忙。"

张侃说："好啊，尽管说。"

我和张侃一前一后下楼。到了我家，我让他在外面等一下，我先进了屋，故意把挂在墙上的画弄下来，然后喊张侃："进来吧。"

张侃进来后，我请他帮我把画重新挂起来，然后说："我们去喝酒吧。"

我们就到经常去的神龙酒馆喝酒了，一直喝到夜里11点。我们是相互搀着走回家的。他家住在我家前面那栋楼，我送他到家后才离开。我的头脑非常清醒：这下子你没时间去单位见领导了吧？！

那天晚上，我睡得非常死，早上，老婆拧住我的耳朵把我拧醒了。

老婆狠狠地数落起来:"前天喝了多少酒啊?睡了一天两夜!有你这样的人吗?你看看张侃,都当上副主任了……"

享不起的福

吃上20年前家乡那种一点污染都没有的饭菜,就是我现在最想要的幸福!这话其实已经憋闷在我心里好多年了。现在环境的污染已经到了登峰造极的地步,没有污染或可能不会污染的地方似乎没有了。

晚饭后一家三口围在一起看电视,电视里正在播放专题片,内容主要是讲居民们是如何享受幸福的。

可能是受这个口号影响吧,老婆和儿子问我:"你最想要的幸福是什么?"

我想都没想就说:"吃上20年前家乡那种一点污染都没有的饭菜,就是我现在最想要的幸福!"这话其实已经憋闷在我心里好多年了。你想啊,现在环境的污染已经到了登峰造极的地步,没有污染或可能不会污染的地方似乎没有了。

老婆提建议了:"这还不容易,你回老家一趟,说不定就可以享受幸福了。"

我的老家在深山老林里面,原先只有两户人家,都是看管山林的。自父母亲早在十多年前去世后,那里只剩下一户人家了。

我听从了老婆的建议,经过长途跋涉,回到了生我养我的地方。那一户人家还在,已经是一位白发苍苍的老人了。

模拟快乐

果然，老人家端出来的饭菜全是一点污染都没有的，也全是绿色的。我真正享受到了幸福，一种无法用语言可以描述而心里又填得满满的幸福。

我住了三个晚上，吃饱喝足了，就回来了。回来时还不忘带上一些干货，给老婆和儿子也尝尝。回到了家，老婆问我："你最想要的幸福享受到了吧？"我幸福地点点头。

儿子问我："老爸，你享受到的幸福感觉如何？"我非常自豪地说："超爽！"

第二天，天还没亮，我突然被肚子疼痛醒了，痛得我在床上打滚。老婆连忙拨打120，急救车很快把我送到了急救中心。

可用了很多药后，肚子还是痛，一点也没有减轻。主治医生会同专家进行会诊，还是没有确切的结果。医生解释说："你这个肚子痛跟一般的肚子痛很不一样，至今我们医院还没遇到过，就是在医学文献资料里也没有找到。"

更要命的是，我的手臂上大腿上都长起毛毛来了，还有我的脸上的毛毛也多起来了，黄黄的，软软的，好像有点返祖的迹象。

我害怕了，害怕得肚子都不怎么痛了。我非常泄气地对老婆说："老婆，如果我变成猴子了怎么办？你还会爱我吗？"老婆握住我的双手，信誓旦旦地表示："无论你变成什么样，我都爱你！爱你到老！"

我一听老婆这话不但不感动，反而试探着问："老婆，你是不是也认为我真的要变成猴了？"老婆当即否定："这怎么可能呢？完全不可能的！你放心吧！"我能放心吗？我真的不放心了。

我不放心的同时，官员们也不放心了，他们组成了一个联合调查组来对我进行全方位的调查，还请来了专家学者进行研究。结果医生们束手无策了，官员们束手无策，专家学者们也束手无策。

我绝望了，当晚，我做了一个梦，梦里有一个鹤发童颜的老人对我说："你去喝点化工厂附近的井水吧，再吃点核电站那边的粮食，就会好了。""当真？"我万分惊喜地问。"当真！"老人回答。这时候，我醒了。醒来后，我立即让老婆去弄来。

果然，奇迹就这样发生了：一杯污染的水喝下去，我的胃不痛了；三餐污染的饭菜吃下去，我身上的毛毛渐渐褪去了。

出院时，我觉得特幸福，真的！

富人招聘乞丐

老爷爷，你真不知道我有多苦啊，一天到晚学习，做没完没了的作业，一点自由都没有！如果您收徒弟的话，我想跟您做乞丐。

富人决定招聘一名乞丐。富人把招聘启事张贴出去。启事上是这样写的：本人决定招聘一名乞丐，要求年龄在 50~70 岁之间，能吃得起苦，耐得起劳。无论刮风下雨还是冰天雪地，都要有坚持乞丐的决心与信心。乞丐工作一般每周 1~2 天，待遇：每月发工资 3000 元整。备注：乞讨来的钱物归乞讨者所有。

启事张贴出去不久，应聘者如潮涌。富人面对应聘者会问一个问题，比如面对眼前这位近 70 岁的应聘者，他问："请问您为什么要来应聘？"这位应聘者回答："我被儿子媳妇赶出家门了，生活无着落，所以来应聘。"富人听了这回答后，就走到应聘者的面前，从口袋里掏出一叠钱递过去，说："您请回吧，您不适合做乞丐，这点钱您拿去花吧。"

模拟快乐

富人就是这样子的,无论是谁,他都会问一个差不多相同的问题,然后非常认真地听对方说,然后说声不合适,就送钱给应聘者,还送其到门口。

这天来了一位应聘者,穿得非常破烂,肮脏,完全跟电影电视上演的乞丐一模一样。那说话的语气,那眼神,那手势,简直就是人们心目中的乞丐。

富人看了后也觉得满意,便问:"你为什么来应聘乞丐?"应聘者说:"我是乞丐当然是应聘乞丐啊!"富人又问:"你做了多少年乞丐了?"应聘者回答:"人类自从有乞丐起,我就开始做乞丐了。"富人哈哈哈大笑,问:"你是演电影电视的吧。"应聘者回答:"您真好眼力!"富人说:"你请回吧,我不需要你这样的乞丐。"应聘者反问道:"请问,现代这个社会难道还有真正的乞丐吗?"富人想了想回答:"没有了。"应聘者说:"就是嘛,我现在这样的乞丐正是当今社会真正的乞丐!"富人会心地微微笑了,说:"你说得对,但是,你不是我所要招聘的乞丐。"

送走这位应聘者后,富人心里在想一个问题:我所要招聘的乞丐真的还会出现吗?如果出现了,我会认识他吗?富人想到这里,就有些沮丧了。毕竟为招聘这个乞丐花费了不少精力与钱财了。

这天来应聘的乞丐,竟然是坐奔驰车来的,穿得非常体面,西装革履,皮鞋铮亮铮亮的,还气宇轩昂地走到了富人的面前。富人心里虽然非常意外,但还是很平静地问:"你为什么要来应聘乞丐?"应聘者回答:"跟你心里想的一样。"富人一惊:"我心里想什么了?"应聘者回答:"想你的儿子。"富人眼睛忽然一亮:"你怎么知道我在想儿子?"应聘者回答:"因为我跟你一样。"富人说:"说来听听。"应聘者说:"再过半年儿子要面临中考了,考得好

第四辑　富人招聘乞丐

坏直接影响到好学校的录取，当然，也完全可以花些钱上好学校的。问题是，上好学校也得有好成绩啊，否则，我的脸面往哪搁。你说是不是？"富人频频点头称是。

富人很兴奋，于是大声地说："你被录取了。"应聘者却提出了一个条件："且慢，我有一个要求。"富人说："请说。"应聘者说："请你也成为我要招聘的乞丐。"富人听了这话，愉快地伸出手去，紧紧握住应聘者的手，"好！一言为定！"

两位富人为了儿子的前途，成了对方招聘的乞丐。

这个周末，儿子要回家来。富人让乞丐待在家门口附近。富人跟儿子一起来到乞丐的眼前。富人悄悄地告诉儿子："这乞丐因为小的时候不好好学习，才导致老来做乞丐的，真可怜啊！"

儿子听了富人的话，却蹲下身子去，抓住乞丐的手，问："老爷爷，你收徒弟吗？"富人大惊，乞丐也大惊。富人连忙给乞丐递了个眼色。乞丐对富人儿子说："做乞丐有什么好的，多苦啊，你看我已经活到70岁了，还要乞讨为生，吃不饱，穿不暖。"富人的儿子却说："老爷爷，你真不知道我有多苦啊，一天到晚学习，做没完没了的作业，一点自由都没有！如果您收徒弟的话，我想跟您做乞丐。"

富人怎么也没想到他辛辛苦苦想出来的招术，竟然是这样的结果。他狠狠地瞪了儿子一眼，慌忙地拉起儿子的手，快步地离开了乞丐。

神奇的药水

教授让唐宋躺在一张特制的床上，用一种无色的药水给唐宋全身喷了一遍，然后说："你过去不好的方面，全都消失了。在考核人的眼里，你是完美无缺的。"

龙城天天有上级相关部门来的检查，最主要的检查有两种，一种是平安检查，每次来平安检查时，领导命令龙城居民都安装上防盗窗，谁都不例外。一种是文明检查，每次来文明检查时，领导命令龙城居民拆下所有的防盗窗。

这让身为城管局长的唐宋非常头痛，非常不安，心里愤愤然："这检查，真让人烦！"

好在天无绝人之路。这天来了一位老教授，他对唐宋说："我研制了一种药水，分为蓝、红药水。喷上红药水，防盗窗消失了，但防盗功能还在；喷上蓝药水，防盗窗又出现了。"

唐宋大喜，连忙请求："教授，能不能当场试一试？"

教授从包里取出两瓶药水，用红药水喷了一下防盗窗，防盗窗就消失得无影无踪了。

唐宋惊喜万分，便有手去摸，却是实实在在的，"教授，您让它恢复原貌。"

教授戴上一副特制的眼镜，用蓝药水喷了一下，不一会儿，防盗窗就显现出来了。

唐宋当即拍板花巨资购买教授的药水。这下子好了，上面来怎

第四辑　富人招聘乞丐

么样的检查，只要药水一刷，都能搞定了。

唐宋很开心，很得意，风光无限。

忽然有一天，唐宋显得非常不安，特意上门拜访教授，脸上没有半点笑容。

教授热情地接待了唐宋，关切问："敢问唐局长为何如此不乐？"

唐宋说："教授，不瞒您说，我就要接受组织考核了，可半年前，我做过一件不太光彩的事。这次考核万一被人揭发出来，就彻底完了。"

教授说："唐局长，我帮你搞定。"

唐宋眼睛睁得大大的，"您，您，教授您刚才说什么？"

教授淡淡一笑，"我新研究了一种药水，有特别的功能。"

唐宋眼睛一亮："当真？"

教授让唐宋躺在一张特制的床上，用一种无色的药水给唐宋全身喷了一遍，然后说："你过去不好的方面，全都消失了。在考核人的眼里，你是完美无缺的。"

唐宋对教授感激涕零，哽咽得说不出话来。

果然，唐宋考核得了优秀，也没有人来揭发唐宋半年前所做过的坏事。

唐宋有一天忽然想："原来，这种药水有如此神奇啊，如果我再做一件不太光彩的事，同样用药水喷一遍就成了，真是太好了。"

唐宋又做了一件不太光彩的事，让教授帮他喷一遍。

教授没有问唐宋做了什么不光彩的事，只是如实相告："你喷过这种药水后，再要想恢复以前的事，就不可能了。"

唐宋更高兴了，"教授，这真是我求之不得的事，谢谢您！"

就这样，几年下来，唐宋请教授帮他喷过不知道有多少遍药水了。唐宋更加完美。

模拟快乐

　　唐宋得到了前所未有的荣誉,电视、报纸、电台都是唐宋的声音,都是唐宋的报道。

　　唐宋成了龙城的骄傲,成了大家学习的榜样。

　　忽然有一天,唐宋却来请求教授:"请您把我喷回去,还我本来面目!"

　　教授很是意外,问:"唐局长,这是为什么?"

　　唐宋解释说:"领导说我现在完美得不像一个人了。"

　　教授明白了,摊开双手无奈地说:"唐局长,对不起!我无能为力。"

　　唐宋顿时声泪俱下:"教授,我想做人,想做一个人啊!"

自杀者说

　　领导的脸阴沉下来了,领导的声音发出来了——你以为我会随你起舞,门都没有!告诉你吧,你不可能自杀的,你绝对不可能自杀!我要让你成为因工殉职!

　　我就是那个自杀者,你们肯定会问,我为什么要自杀?问题是我也很纳闷儿:我为什么要自杀呢?我的疑问跟你们的一样。现在,我只好把自杀时的想法说出来,或许你能知道,我为什么要自杀了。

　　对了,自杀前一天晚上,我才听说老婆找了一个情人,而且老婆的情人非常非常有钱,这钱多的没处花。当然这人也有好多好多的情人,对于他来说多一个情人与少一个情人没有多少区别。问题

第四辑　富人招聘乞丐

在于，是的，我又要说问题了，老婆有了这情人后，她的一切都发生了变化，她不用三班倒了，她不用挤公交车了，她不用用便宜的化妆品了，更重要的是她不用面对我这个没用人的了。

大家可能很想知道，我到底哪里没用了，放心吧，我会把一切都告诉你们的。总而言之，我什么都没用了，不跟领导套近乎，没有一官半职，没有额外去赚钱，一天到晚有空的时候，就是读一些谁也不想读的书，当然，这些书以前曾经是很有用的，但现在是快餐浮躁年代，对真正想做学问的人少之又少。有人可能急着想知道我还有其他有没有用的地方，我告诉你，有！这也是你最想知道的，那就是我爬到老婆身上时也很没用！

好了，我已经说自己这么多了，我们的领导已经站在我的面前，他已经很不耐烦了，领导咳嗽了一声，算是跟我打了招呼。领导的脸阴沉下来了，领导的声音发出来了——"你以为我会随你起舞，门都没有！告诉你吧，你不可能自杀的，你绝对不可能自杀！我要让你成为因工殉职！对，就这样，你难道不知道吗？如果让你自杀得逞了，我的领导也做到头了，这能答应你吗？绝不！"

大家听听，明明是我不想活了，自杀了，领导却让我因公殉职。我知道这其中的奥妙所在，现在单位里实行问责制，无论出大事还是小事，相关的领导都要负责。这负责轻则批评检查，重则处分。这处分可是影响前途的大事啊！现在你们明白了吧，领导为何要把我自杀弄成因公殉职了，反正我说不了话了，随领导去折腾吧。

说到这里，老婆肯定要扑倒在我的身上了。老婆的眼泪却是正儿八经的，也真的有心痛的，也真的有伤情的。问题是，当老婆从我的领导嘴里知道我是因公殉职后，就破涕为笑了。当然，这笑不是笑得很厉害的那种，而是暗暗的笑。这笑别人是看不出来的，

模拟快乐

却没有逃过我的眼睛——老婆的嘴角往上动了动，眉头哗地舒展开了——老婆已经从领导那里得到了非常非常肯定的承诺：帮她从工厂调到事业单位工作，给编制，给职位。

嗨！说到这里，我不得不叹息一声，毕竟从某种程度来说，我用自杀换来了老婆的好工作好职位。这很难说是高兴还是不高兴。我又要说问题在于了，真的，问题是我如何去评价老婆现在的心情，还有，她有了好工作后，还会做那个很有钱很有钱的人的情人吗？说句心里话，如果从此不做那个很有钱很有钱的人的情人的话，那倒也是好事。

话到这里，我想应该满足了，毕竟是自杀，却变成了因公殉职，我告别人世时的最后时刻，将完全不一样，什么都不用我操心了，反正什么都由单位操办，只要我一路走好，别无其他。

问题在于，本来我自杀后的第三天，我就要化成一缕青烟了，但是到了第三天，还没有人来把我送到该去的地方，直到第四天一早，领导忽然又光临到我的面前。领导穿得非常整齐，神情非常庄重，来对我说："根据我们调查，你不是因公殉职的，而是……"领导说到这里咳嗽了一声，我知道领导要恢复我的本来面目了。是的，本来就是自杀嘛，干吗要把我弄得因公殉职呢？弄得我家人高兴了，更是弄得老婆都暗暗地笑了。

好了，不多想了，听领导往下说吧。领导掏出一张纸，声情并茂地宣读："经过我们调查，你，张侃同志是因为救人后不慎从窗台上掉下去光荣牺牲的。现在，我代表组织向你宣读追认你为'见义勇为好榜样'的光荣称号……"

反正，我自杀后的第五天，单位为我举行了隆重的追悼会，电视广播报纸上全是我的音容笑貌——

反正一个月后，我们领导升职了，领导升职时说，他培养了我这么伟大的英雄人物，是他一生的骄傲——

反正两个月后，我的老婆进入机关单位上班了，享受烈士遗属的一切待遇，跟那个很有钱很有钱的情人来往更密切了——

嗨！反正一切都不是我的本意，我更没办法改正了，毕竟活着的人的日子才是他们自己想要过的，管我干嘛？你说是不是？

潘多拉很受伤

潘多拉瞠目结舌，想当初，我是世上最毒啊，可如今，一个如此英俊的男人，不，如此体面的局长，竟然……潘多拉面对这个男人，只好"嗨"地叹息一声，从男人身上下来了。

潘多拉伸了伸懒腰，就醒了，醒来后，揉了揉了眼皮，便睁开了眼睛，然后，在脑海里跳出来一句话来："今天我找谁呢？"潘多拉每天的任务就是醒来后，想法子让自己依附到某个人身上放毒。正这样想着时，就远远地看见一男一女从一幢楼里出来。潘多拉大惊："这男人好英俊，这女的好漂亮啊！"

潘多拉选择了男人，便悄悄跟上去。这时候，那女人已经坐进车子里自顾开着车离开了。男人也坐进了他的车，然后发动车子，往不同的方向开去。就在车子开动的瞬间，潘多拉跳上了车。

潘多拉跟着男人来到了他的办公室。哇！好大好豪华的办公室啊。这让潘多拉非常惊讶：这么大的办公室要多大的领导啊！就在惊叹不已中，潘多拉听到有一个女孩进来叫男人为"局长"。潘多拉知道了，这男人是局长。

模拟快乐

做局长的男人面对进来的女孩，脸拉得老长老长，还冷冷地问："什么事？"

女孩说："昨夜我等了你一夜，你去哪里了？"

男人却不耐烦地喝道："我去哪里是你管着的吗？"

女孩顿时眼泪汪汪地说："我是关心嘛，你知不知道昨天有人给你写举报信了，我怕嘛！"

男人连忙表示："对不起！我心里有点烦。"

女孩忽然笑了，女孩说："我知道。"

男人问："举报信呢？"

女孩连忙从文件夹里取出信，说："我是从那边偷来的。你快看吧，等会我要还回去。"

男人连忙打开看了，看着看着脸色铁青，一言不发。

女孩收起信，快步地离开。

男人忽然重重地叹了一口气，仰靠在老板椅上不动了。

潘多拉觉得这男人真可怜，但还是决定依附到他身上去放毒。可是，潘多拉还没有靠近，有一股非常难闻气味，直冲鼻子，恶心得想吐。潘多拉非常纳闷："这么英俊的男人，怎么有这么难闻的气味？"

潘多拉只好捏住自己的鼻子，心一横，眼一闭，就依附到男人的身上了。到了男人的身上后，潘多拉打开测试功能，经过扫描，很快得出了结果：眼前如此英俊的男人竟然是一个五毒俱全的家伙，毒素指标远远超过她几倍。潘多拉愕然。

潘多拉非常失望，眼睁睁看着这个男人一会儿接电话，一会儿对来者训斥几句，又一会儿对着话筒说话，声音温柔得如同一只小猫咪。"是，是，领导，我会尽心尽力做好的，请您放心好了。我一定不会让您失望的！"

第四辑　富人招聘乞丐

没有办法，潘多拉只好硬着头皮，让自己的毒素释放出来，可是刚释放出来一点，却有个男人声音大声喝道："大胆潘多拉，你竟敢到我身上来放毒，该当何罪！"

潘多拉回答："给人放毒，是我的本性。你凭什么不让我放毒？"

男人哈哈哈大笑，然后说："我可以让你在我身上放毒，但是，我问你，你当过骗子没有？"潘多拉回答："没有。""那好，我告诉你，我就是骗子，骗取了很多人特别是领导的信任，当上了局长，我上报的数据是捏造的，成绩是吹的。你有吗？"

潘多拉惊讶不已，摇摇头。

男人又问："你有过不是自己的钱财却又大把赌钱的经历吗？没有吧，那我告诉你，我有过，我输光过差不多有十万人可以生活一年的费用，而这些钱却没有我自己的一分钱。"

潘多拉目瞪口呆。

男人又说："你有过帮派没有？我告诉你吧我们有一个小团体，任何好处都是归我们所有，其他人谁也甭想插进来。对了，比如有什么荣誉了，哪怕其他人最好，也别想得到！"

潘多拉惊讶万分。

男人又问："你抽过不要花钱的烟没有？你没有吧，就是！告诉你吧，我每天抽的烟就是一千个人一天的生活费，这还要看我是不是节约一点，当然，这不用花我一分钱。"

潘多拉嘴巴张得大大的，这太不可思议了。

男人又说："对了，我再告诉你一件事，我可以跟我喜欢的任何女人睡觉，哪怕她不同意，我也可以强行做到，是的，我不怕被人告发，其实，在我们这个地方，我就是天，我想要怎么就怎样！"

潘多拉瞠目结舌，想当初，我是世上最毒啊，可如今，一个如此英俊的男人，不，如此体面的局长，竟然……潘多拉面对这个男人，只好"嗨"地叹息一声，从男人身上下来了。

就在从男人身上下来的时候，潘多拉还听到了男人的话——哈哈，告诉你吧，我被评为市里先进模范人物了，对了，三天后召开表彰大会，欢迎你来参加哦……

潘多拉心里忽然好痛，男人比我还毒，竟然还能当先进模范人物，真的感到很受伤。

模拟快乐

他老婆是世上少有的贤妻良母，又是数一数二的美女，可是有一天，他发现副局长陈规的老婆，竟然比他老婆还年轻漂亮许多，这让他非常的不舒心，恨不得狠狠地臭骂陈规一顿。

唐宋的好朋友徐寅是心理学博士，发明了一种仪器，叫做模拟快乐。无论这个人怎么样的不快乐，只要经过"模拟快乐"仪器的治疗，生活就会充满快乐。

就这样，唐宋躺在了"模拟快乐"的治疗仪器上，戴上了特制的眼镜，还有头盔。

唐宋睁开眼睛，看到了一位美女笑盈盈地走近他，伸出纤纤玉手跟他握了握。

"唐先生，您好！欢迎您走进我们的快乐家园。"

唐宋跟着说："谢谢！"

美女微微一笑，问："唐先生，您是不是有很多个晚上睡不着觉？"

唐宋回答："是的。"

美女说："让你睡不着觉的有三个原因。"

唐宋回答："是的。"

美女说："第一个原因是你的官位没有同学张侃的高，张侃是副县长，而你只是一个科局长，他坐的轿车是二十多万的本田，而你坐的车子是十多万的普通桑塔纳。这让你非常眼红，对吧？"

唐宋回答："对。"

美女又说："你老婆是世上少有的贤妻良母，又是数一数二的美女，可是有一天，你发现副局长陈规的老婆，竟然比你老婆还年轻漂亮许多，这让你非常的不舒心，恨不得狠狠地臭骂陈规一顿。"

唐宋回答："是的，我是这样想的。"

美女说："你儿子在城里最好的小学读书，成绩也不错。可是有一天，你发现局里的清洁工赵莉的儿子，竟然是你儿子班里的班长，学习成绩竟然是年级第一名，这让你非常非常的窝火，你很想让赵莉下岗，来解你的心头之气！"

唐宋回答："你说得对，情况确实如此。"

美女说："这三个原因，让你吃不好睡不着，让你感到非常不快乐。"

唐宋回答："是的，我是很不快乐。"

美女非常认真地说："唐先生，你闭上眼睛，你就是世上最快乐的人了。"

唐宋刚闭上眼睛，却呼呼地睡去了。

当唐宋早晨醒来时，发现身边空空的，老婆已经起床。

"老婆，我要吃面糊糊，还要一只水煮蛋。"

老婆没有回答，唐宋感到奇怪，要是往常，老婆就会甜美答应：

模拟快乐

"老公,我知道。"

唐宋便起来,一时找不到衣服,又叫了:"老婆,我的衬衣放哪了?"

老婆还是没有答应,唐宋穿着睡衣从卧室里出来,却没有老婆的半点影子。

唐宋有些纳闷儿:"这婆娘跑到哪里去了?"

直到上班时间到了,老婆还没有出现。唐宋只好随便穿了衣服,饿着肚子去上班。到了楼下,司机还没有来接他,唐宋便打电话,结果司机关机了。

没有办法,唐宋只好打的去上班,到了办公大楼,单位里的人对他都很冷漠,没有人问候他,可以前不是这样的啊。唐宋不去计较这些,到了三楼自己的办公室,竟然有人坐在那张靠背转椅里了……

唐宋这才突然想起来,从今天开始他已经不是局长了,老婆跟他也已经离婚,带着儿子回娘家了。唐宋只好回家,躺在床上,悲痛欲绝,眼泪满面——

"我,我,我怎么这样不幸?老天爷,你,你,你为什么要这样惩罚我啊……"

于是,唐宋待岗在家,饿了,泡方便面吃;渴了,喝一口冷水;困了,倒头就睡。

于是,唐宋越想越后悔,越想越觉得自己贪欲太强了。这么好的老婆,这么好的职位,这么好的儿子,竟然不满足,竟然还会认为不快乐?我,我真是太浑了啊……

忽然,唐宋听到美女的声音:"唐先生,你的快乐已经回家了。"

唐宋一惊,就清醒了,睁开眼睛,眼前竟然是甜美微笑的老婆,再看周围摆设,却是在自己的家里,儿子正在做作业,还对着他叫了一声：

"爸，你睡醒了。"

老婆甜甜地问他："老公，晚饭你想吃面糊糊吗？"

唐宋非常意外地看着老婆，越看越觉得美，便从床上跳起来，把老婆紧紧地搂住……

过了一个月吧，唐宋遇到去年出狱的李同学，李同学开了一家很大的房地产公司，准备开发龙城最大的住宅区。唐宋听得眼睛都发直，便又想要去"模拟快乐"了。

奇怪的合影

李永和把相片输进电脑，打开一看，惊恐万状：相片拍的竟然是背面照！围在领导身边的两个美女，一人一手伸进了领导后屁股袋里，仿佛还在动。

李永和跟同事一起去世界第九大奇迹龙游石窟旅游。游览石窟时大家都感到非常好奇，因为这石窟究竟修建于何时，至今仍是一个谜。有人说是外星人所为，有人认为是史前文明。众说纷纭，谁也说服不了谁。

参观完这神奇无比的石窟洞，领导也感叹万分，领导说："大家合张影吧。"随后又说："李永和，用你的相机拍。"李永和当然高兴。这说明领导跟他亲近。

大家都围着领导，站好了位置。李永和对了对镜头，发现围在领导身边的都是中层领导，全是清一色的男人，于是建议："领导

模拟快乐

身边应该有个美女吧。"领导呵呵笑笑，便说："哪个美女过来？"领导的话音刚落，就有一位美女飘然而至。

李永和再次对镜头，又发现了问题，就说："感觉相片上不太对衬，对了，领导身边还应该增添一位美女，领导你说呢？"

领导又呵呵笑．还没有发话，就有一位美女挤进了领导身边。这下子好了，领导左边一位美女，右边一位美女，领导笑逐颜开，美女笑得更是甜美无比。

就这样，李永和按下了快门，"咔嚓"一下成了。

回来后。李永和把相片输进电脑，打开一看，惊恐万状：相片拍的竟然是背面照！围在领导身边的两个美女，一人一手伸进了领导后屁股袋里，仿佛还在动。

"完了，这下子完了！"李永和叫了起来，还引起了老婆阿梅注意。阿梅边过来边问他："怎么怎么啦？"

李永和指着电脑说："你看你看，这，这让我怎么办呢？合影明天领导要的。"

阿梅一看，却呵呵地笑了，说："这好啊，让你们领导看见，保证提拔重用你！"

李永和百思不得其解，便问："你这是什么意思？"

阿梅说："这就是领导跟两美女关系不一般的证据啊！"

李永和想想有道理，便把相片保存进网络邮箱里，就上网玩游戏了。

第二天上班前，李永和特意打开电脑，看了一下相片，一看，相片变成正面了，又一看，李永和就目瞪口呆：领导双手交叉，分别伸进了两位美女的胸衣里……领导双手变长了。

李永和忐忑不安胆战心惊地去上班。刚到办公室坐下，李永和接到了电话，是两个美女中的一个打来的。

第四辑　富人招聘乞丐

美女对李永和说:"永和大哥,请你把合影发到我的邮箱好吗?我的邮箱是……"

"哦,相片啊,是,是这样的,相片,相片是空的。"李永和结结巴巴回答了。

"什么?你说什么?相片是空的?!"美女厉声地责问。

李永和解释说:"我的相机出了问题,拍出来的数码相片,全是空的。"

美女"啪"地放下了电话。

李永和自语道:"这下好了,有理由推脱了。"

李永和刚嘘出一口气,另一位美女也来电话问相片了,"永和大哥,请你把合影发到我的邮箱好吗?我的邮箱是……"

李永和非常平静地说:"对不起!我的相机坏了,拍出来的相片全是空的。"

"你,你,你怎么能这样呢?"美女埋怨他了。

李永和解释说:"我也不知道,拍的时候好好的,可是,拿回家一看,就不行了。对了,拍好时,你不是也看过的,是好好的吧!"

李永和心里忽然对两位美女很厌恶,"上班时都很正经,谁知道骨子里都是这样的人,哼!"李永和心里正这样骂着时,领导到了他的身边。

领导问:"昨天的合影,给我看看。"

李永和顿时额头冒汗,不敢看领导,嘴里吱吱唔唔地说不出话来。

领导火了,"我问你话呢,相片,昨天的合影!"

李永和这才鼓足勇气解释说:"领导,对不起,相机坏了,相片是空的。"

领导紧紧地盯着李永和,一字一句地问:"空的?真的是空的吗?"

李永和点点头，然后说："对不起！"

领导看着李永和忽然说："你打开，就是空的我也要看一看。"声音虽然很轻，但非常有力，容不得李永和拒绝。

李永和颤抖着手打开了邮箱，点击了相片，眼睛都不敢看。

忽听领导呵呵笑笑，说："不错嘛，李永和，你干吗说是空的呢？"

李永和眼睛往相片上一瞧：领导和美女都正襟危坐，领导笑容可掬，美女甜美无比。

李永和百思不得其解：奇怪，真的是太奇怪了！

昨天再现

领导对唐汉说："记者要让你去河边，再现昨天救人的场面。"

唐汉不想去，领导批评他："你啊真笨，让你再现救人场面，电视一放，你就是英雄，你成了英雄，我做领导的也光荣。"

领导对唐汉说："记者要让你去河边，再现昨天救人的场面。"

唐汉不想去，领导批评他："你啊真笨，让你再现救人场面，电视一放，你就是英雄，你成了英雄，我做领导的也光荣。"

领导亲自带着唐汉来到了河边，那时候记者都到场了，那个女孩也在。

女孩一见唐汉就跑过来，紧紧地依着唐汉，唐汉让女孩依着。唐汉昨天在河里救了这个女孩，女孩是不小心滑进河里去的。当时围观的人很多，就是没有人下去救。

记者对唐汉说："我们开始吧，先请女孩滑进河里去。"

第四辑　富人招聘乞丐

女孩胆怯地看着记者，躲进唐汉的身后，不敢下河。

记者开导说："没事的，有我们呢，你不用怕的。"

女孩还是不肯下河，记者只好请唐汉帮忙。

唐汉劝导女孩："你在电视上露面，就成了名人；你成了名人，就可以找到工作了。"

女孩声音颤抖着说："我怕，我怕。"

唐汉断然地说："别怕，有我呢。"

女孩点点头，但还是抓住唐汉的手不放。

唐汉只好问记者："你是不是要我们再现昨天的场景？"

记者点点头，然后回答："是的。"

唐汉说："当时女孩滑进河里时有很多看客，你得叫这些人来啊。"

真实是新闻的第一要素。记者认为这建议有道理，便跟唐汉的领导商量。

领导当即就拍板："没问题，我让单位里的人都来就是了。"

不多时，单位里的人全来了，全扮成看客。

唐汉便回忆着对记者说："当时有人这样说'女孩，我救你起来你做我的老婆好不好？'有的竟然说'女孩，我也不要你做我的老婆，这样吧，你陪我睡一晚好不好；'还有的则说'女孩啊你快脱衣服，让我们开开眼界看看你的裸体好不好'，记者先生，你说是不是应该安排有人这样说话呢？"

记者认为非常有道理，便找了几个人说上面的这些话。

记者拍好这些镜头，就对唐汉和女孩说："现在可以开始了吧。"

唐汉说："对了，我救起女孩后，这些人还说了一些话，也应该再现出来。"

昨天唐汉到达河边时，听到看客们的一些言语后，就面红耳赤，愧疚不已。女孩在水里挣扎，还叫着"救命！救命啊……"

模拟快乐

唐汉扫了一眼两岸的看客,就一头扎进了河里,把女孩抓住了,还托着女孩游向岸边。

唐汉抱着女孩上了岸,气喘吁吁,唐汉把女孩放倒在岸边,对女孩进行按摩,进行人工呼吸……女孩"哇"地吐出了一口污水,然后女孩紧紧地抱住唐汉不放。

这时候,唐汉听到有看客在说:"哇,这人太运气了,被美女抱了,晓得美女会抱,我也一定下去救了。""是啊,是啊,被这样的美女抱一抱亲一亲,多好啊!""就是,说不定这女孩还会以身相许呢!"

当时,唐汉听完这些话后,拉起女孩就走。女孩低着头,脸色铁青……

记者听了唐汉的描述后,当即爽快地答应说:"没问题,等会你救她起来后,我就让他们说,你放心好了。"

唐汉领导也在一边说:"你放心救人吧,在我的指挥下,一切都会安排好的,一定会比昨天更精彩!"

唐汉这才放心了,这才让女孩在昨天滑下去的地方再滑一次。女孩很听唐汉的话,真的在昨天滑进河的地方滑进了河里,很快在河里喊"救命、救命"了。

唐汉扫了一眼两岸的看客,还有领导,当然还有记者,就一头扎进了河里,把女孩牢牢抓住了。可是,就在这时候,唐汉跟女孩一起沉入了河底……

对了,唐汉不是沉入河底,而是潜水了。唐汉在抓住女孩的瞬间,忽然对女孩说:"你快做一次深呼吸。"女孩很听话地做了一个深呼吸,唐汉就带着女孩下沉,便往下游潜游了十多秒钟。然后,在河道转弯处悄悄地爬上了岸,躲进了树丛里。

唐汉从树叶缝里远远地看着他们,记者、领导当然还有单位里的人都在等待唐汉救女孩上岸。可是，几分钟过去了，却没有人下河救他们。

唐汉心里一阵酸痛，拉着女孩离开了河边。

模拟瞒报

领导按照模拟瞒报的做法，在单位进行了非常有成效的实施。尽管单位出了大大小小很多事故，但都被成功瞒报了。领导依然当着领导，由于政绩比较突出，还被列为副市长的候选人。

周末我难得在家休息，领导一个电话又把我叫到他的办公室，没头没脑地问我："你说如果单位发生了事故，我们该怎么瞒报？"领导见我很意外，便解释说："现在每当事故发生后，绝大部分单位都是瞒报的，你说，如果我们单位发生了事故，应该采取哪些措施实施瞒报呢？"

听了领导的话，号称"诸葛亮第二"的我，不得不沉思默想：谁都清楚，发生事故后，单位领导大都会受到撤职查办；如果瞒报，则可能有惊无险，顺利过关。

领导对我说："目前电脑里流行一款模拟瞒报系统，我试了几次都不成功，便想让你来试试。"只见电脑保存的页面上有几个大字非常醒目：模拟瞒报系统。模拟瞒报系统上的第一个问题就是：如果你们单位发生了事故应该如何瞒报？

我用心地想了半天，很有把握地说："首先应该防止'内奸'。"领导很纳闷："什么内奸？"我说："堡垒都是从内部攻破的，控

模拟快乐

制住内奸非常重要。"领导点头称是。"如何防止内奸的出现？一是教育大家要有集体意识；二是控制通信网络系统，一旦单位发生事故，通信网络系统能在第一时间屏蔽。"

我满怀信心地说："第三，加固围墙。围墙是有效控制人员进出的重要保证。一旦单位发生了事故，只进不出。四是绝对封口。事故必须列为单位的绝密，绝不允许传播出去。"

领导说："你把刚才讲的内容输进电脑。我们看看会得出什么样的结果。"我很好奇，很认真地按领导的要求一一输入。

电脑经过计算，系统提示：恭喜您成功进入下一题：您将如何确保上述措施顺利实施？

我说："要保障上述措施成功实施，一是跟上面的领导要搞好关系，这是重中之重。搞不好关系，实施起来就会有困难；二是跟相关部门的关系要搞铁，比如电视台、报社、网络，这些都是最能引起大家关注的重要媒体；三是预防外界好事者进入单位。"

领导听后说："你快输进电脑看看吧。"我一一输入，模拟瞒报系统的页面立即更新：恭喜您成功进入下一题：您的措施和实施方案都很好，但您作为单位一把手，将如何保障成功瞒报呢？

我一时不知该如何回答，想了想说："接下来，就要看内功了。就是单位领导要对整个单位有完全彻底的掌控能力，对单位里每一个人每一件事都要了如指掌，特别是那些跟领导面和心不和的人。"领导说："这点我很清楚，主要是对手吧，也就是希望我下台的人。""是的，万一您因事故下台，而最有可能上台的人则是最危险的，但是提防他们是非常困难的，官场上绝对没有永远的朋友，谁都是潜在的对手。"

当我把上述要点输入电脑后，最终模拟结果出来了：您好，模拟瞒报系统根据您所输入的所有信息，综合研究了您瞒报能力的有

第四辑　富人招聘乞丐

效系数，您想要的模拟瞒报结果如下：恭喜您成功瞒报！您是至今为止成功模拟瞒报的第一万人，在此，向您表示最热烈的祝贺！屏幕上还出现了鞭炮齐鸣的热烈场面，好气派，好亮丽！

领导很兴奋，乐呵呵地对我说："好，好，很好！"

我很激动，如同完成了一件重大使命，得意非凡。

就这样，领导按照模拟瞒报的做法，在单位进行了非常有成效的实施。尽管单位出了大大小小很多事故，但都被成功瞒报了。领导依然当着领导，由于政绩比较突出，还被列为副市长的候选人，将在下月举行的人代会上确认。

就在这时，领导很意外地出事故了。领导跟一位美女上床时，被人暗暗地拍了录像，结果领导被免职了。免职后的领导给我发来一条短信："我一时忘了在宾馆也应该模拟瞒报，结果……嗨！"我也很后悔地回复："我也忘了给自己在单位模拟瞒报了，结果……嗨！"

我的办公室主任职务刚刚被免了，原因是模拟瞒报。

老公想当领导

现在跟了领导后要经常出差，经常不回家，希望你能理解，有时尽管出差回来了，还得陪领导们修长城，通宵达旦的时候可能会很多，没法照顾家里。

老公说："我想当领导，当了领导我们不用这么辛苦了。"

我说："行啊，我无条件支持你！"

模拟快乐

老公说："我以后家务事没时间做了，也不能陪你逛街了，更不能陪你去看星星看月亮了，也可能没时间辅导孩子了。"

我说："没关系，反正你在家也没做过多少家务，给孩子也没辅导过多少次，你也没陪我逛过几次街，更不用说去看星星看月亮了。那是你追我时的事。"

老公说："我的教育论文没时间写了，你帮我写几篇；那些学生的作业也没时间改了，你帮我改一下；我现在要请领导去喝酒，今天的课你帮我代一下吧。"

我说："没问题，反正教育论文多写几篇也是写，作业多改几本也是改，课多上几节也是上嘛，我都统统答应你，但你请领导喝酒，千万别多喝，身体要紧啊，身体是第一位的，其他的都统统的次要。"

老公说："领导答应了我的要求，让我好好干。我现在应酬很多，钱不够花，能不能把家里的存款取出来，反正一旦当上领导，钱肯定会比现在多的。"

我说："好啊！只要对你当上领导有用，别说家里的存款，就是没有存款，我也会想办法给你弄来，还有，我会从今天开始一直到你当上领导为止，决定不买一件衣服，不乱花一分钱，给孩子的开支也能省的全省下来，让你大胆地花，大方地花，要让领导们知道，你绝对不是一个小气之人！"

老公说："现在跟了领导后要经常出差，经常不回家，希望你能理解，有时尽管出差回来了，还得陪领导们修长城，通宵达旦的时候可能会很多，没法照顾家里。"

我说："我理解一万个理解，现在要想当上领导都得这样子的，老公你放一百个心一万个心去吧，我没有关系的，孩子也没有关系的。我和孩子会安排好生活的，只要你能早日当上领导，比什么都强！"

第四辑　富人招聘乞丐

老公说："老婆，对不起，本来说好去看生病住院的父母亲的，现在没有时间了，要陪领导去钓鱼，领导说这次提拔的名单中有我，让我不要让他失望。"

我说："没关系，我和孩子去就是了，父母能理解的，尽管你的父母一直盼望你去看他们一下，既然如此，你好好陪领导钓鱼吧，把你钓鱼的水平好好发挥出来，让领导对你刮目相看。"

老公说："老婆，万一你听到一些闲言碎语，千万别信，那是有人眼红，有人妒嫉，有人不希望我当上领导，有人想通过女人的事，来达到他们的目的。"

我说："这个，老公你绝对放心好了，我不相信老公你相信谁呀？真是的，你所说的有关领导找女人的事，我听得多了去，你陪领导有时也会玩一玩，我能理解，尽管我心里在痛，但那也是没有办法的事你说是不是？谁要我盼望着你当上领导呢！"

老公说："我一旦当上领导，会给你的课程调整一下，让你不用这么辛苦了，钱也会增多不少，还有孩子进名校的事，也能够顺利落入，不用这里求人，那里托人。"

我说："那当然好啊，我做领导太太了当然应该轻松点，你要知道我现在多累啊，我自己的课教好还不够，你的大部分课都是我在上，还有备课，还有批改作业，还有家里的一切……反正这些都没关系，只要你能解决孩子入名校的事，再苦再累我也心甘情愿！"

老公说："老婆，真不好意思，没时间跟你亲热了，应酬实在太多了，凡是领导们有的应酬我都有了，凡是领导们没有的应酬我同样有，当上领导可能会好些，不用这样子方方面面都要应酬。"

我说："这有什么呀想当初我们一天亲热二三次都是经常有的，现在没有正好养养身体，正好集中精力帮你写论文帮你批改

模拟快乐

作业。对了，你还是问问领导吧，什么时候能当上领导。当上领导了，我也得去买几件像样的衣服，否则，会有失你的脸面，你说是不是？"

哈哈，老公说："任命我当领导的文件明天下，今晚上得请领导们好好喝一顿，喝好后还得好好玩一顿，那个钱可能不够。"

我说："钱没关系，我已经从父母亲那里给你弄来了，打到了你的卡里，你放心大胆地请客吧。"

哈哈，我要成为领导夫人了，明天我应该穿什么衣服，还是好好搭配一下吧。我拎起一件，比了比，不行，放下了；又拎起一件，比了比，又不行，放下了；我一直折腾到半夜三更，也找不出一套可以搭配的衣服，正叹息时，脑海里忽然灵光一闪：我是领导夫人，穿什么衣服都好看！

第二天，老公果真被任命为领导了，兴奋得我眼泪直掉。晚上老公回家来给我带来一份东西。我说："这是什么？"老公说："你看看吧。"我看了，原来是一份冷冰冰的离婚协议书。

老公说："我们好合好散吧。"

我说："为什么？"

老公说："她有孩子了。"

我说："她是谁？"

老公说："她是领导的情人。"

我说……我无话可说。

老公却呜呜地哭了。

第四辑　富人招聘乞丐

钻啊钻啊钻空子

我忽然醒悟了岳父曾经嘱咐过我的一句话："钻空子时特别要注意，千万不要让钻子在空子里拔不出来，否则，你就会被钉死在空子里。"

领导说："钻空子就是找弱点，找弱点懂吗？找准了对方的弱点，就往弱点里面狠狠地钻进去，直到你成功。"领导又说："我们每一个人都有弱点，只要你留心观察，都是不难找到的，都可以往里面钻。"领导最后说："我们做生意，最主要的目的，就是要找准对方的弱点，为我所用。"

这是第一天上岗培训，领导来授课的主要内容。我明白了，钻空子就是找弱点，找到了对方的弱点，你的生意就大功告成了。我想：第一笔生意就跟领导做吧。

有了这坚定的想法后，我把第一个月的全部收入，买了一份礼物给领导送去。领导非常意外："你哪来的钱买礼物？"我如实回答："今天刚发了工资。"领导叹息说："你呀你呀，我说你什么好呢？"我嘿嘿笑笑，算是回答。

从那以后，只要手里有点多余的钱，我都会买份礼物去领导家，有时遇上领导在吃饭，我也会坐下来吃一碗饭，有时还会把碗给洗了。时间一长，我仿佛是领导家一员了。

领导把我当亲信，给我弄了一个小职位，经常让我陪他去公干。很多时候，他也不避我，对方送点礼物什么的，也让我帮他提回家，

203

模拟快乐

当然，这种礼物有时也会有我的一份，但我都不留，一起送到领导家。我说："我一个人不需要这些，还是留在家里用吧。"这不，我把领导的家当作自己的"家里"了。

做成功了领导的生意后，我正在考虑接下来应该做什么生意时，领导在外地读大学的女儿回来了。我心里有数了，我的第二笔生意就是领导的女儿。女孩对我似乎很有好感，倒是领导不怎么高兴，经常打断我跟女孩的对话。我知道领导不喜欢我跟他的女儿有过密的接触。但是，这笔生意我一定要做！

领导的女儿大学就要毕业了，想回到本市来工作。领导替她安排了，还替她相好了一个对象。这对象是市领导的公子。我明白了，领导跟市领导也做了一笔生意，那就是用他的女儿来换他的前程。领导的生意当然是大生意了。但这生意绝对不能做成，如果做成了，我的生意就黄了。我想起了领导以前跟我说过话："我们每一人都有弱点的，只要你留心观察，是不难找到的。"

我就开始寻找女孩的弱点，女孩的弱点就是喜欢浪漫，喜欢书里那种爱情故事，我就时常演给她看，直到有一天，女孩眼泪汪汪地对我说："我爱上你了，我们私奔吧。"我说："那不行，我们应该光明正大才行！""

我跪倒在领导的面前，非常诚恳地说："我爱上了晶晶，晶晶也爱我，我求你别让晶晶嫁给她不喜欢的人。"领导很吃惊，狠狠地甩了我一记耳光，怒斥道："你这个没良心的家伙，竟然想娶我女儿？啊，门都没有！"

我知道做成生意有时可以不择手段。我对领导说："我知道不配做你的女婿，但是，如果你不答应的话，说不定你的仕途也会发生意外"是的，我暗暗地威胁他了。

让我没想到的是，第二天领导同意了，而且让我们赶快结婚。

就在结婚那天晚上,领导,不,我的岳父大人被双规了。岳父双规后的第二天,我被停职检查。在停职检查期间。我忽然醒悟了岳父曾经嘱咐过我的一句话:"钻空子时特别要注意,千万不要让钻子在空子里拨不出来,否则,你就会被钉死在空子里。"

赵作家的遗言

生命会何时结束,无论是突然的还是慢慢老去的,都是一种非常神奇的自然现象,我无法决定自己什么时候走或不走,既然如此,我干吗要留什么所谓的遗言?

赵作家在机关当科长,写作是他的业余爱好。工作轻松悠闲,爱好倒成了他的正业,成绩很不错,发表了几十万字的作品。

在一个周末的晚上,我们三杯酒下肚后,赵作家忽然提起了鲁迅的遗言,感慨万千。赵作家从包里掏出一只袖珍录音机,说:"我也留个遗言吧,请你这位好朋友作证。"

赵作家沉思了一下说:"如果有一天我忽然去那个世界了,希望组织上给我解决处级待遇,毕竟处级也是县官。那样的话,我的告别仪式就隆重多了,会上电视,会上报纸,市里的领导也会出席,我也知道这是做给活人看的,但毕竟这样我的妻儿老小脸上都有光了。你们不要在心里骂我虚荣心,其实,我们这些所谓的作家,都是为了名为了利在写作。否则,谁还会喜欢苦苦地去写所谓的惊世大作?!"

不久,赵作家调文联任副主席,职别是副处。赵作家在文联工

模拟快乐

作了五年后,有一次在一起喝酒时,他主动说起五年前的遗言,深有感触地说:"我得改改遗言,那个都已经达到了嘛。"现在的赵作家享受正处待遇。

赵作家说:"如果真的有那么一天,我要离开这个世界了,要说有什么遗言的话,那就是我希望能得到一个国家级文学大奖,比如茅盾文学奖,比如鲁迅文学奖,或者全国优秀儿童文学奖也行,毕竟我写了三十年,也出了好几本书。如果能带这本获得文学奖的书去那个世界,然后枕着它长眠,那也心满意足死而无憾了。"

赵作家调文联后曾经好几次冲击这些奖项,都没能如愿。其实,到底能不能获奖,作品水准够不够是一个问题,而关系够不够硬,同样也是一个问题。

为这,赵作家心里一直纠结了好多年,直到有一天,他很平静地对我说:"还记得我那遗言吧,想再改改。"我很严肃地按下录音机的按钮……

赵作家说:"如果有那么一天,我要离开这个世界了,不需要单位给我举行任何形式的告别仪式,如果单位里有人非要来告别,就以朋友的名义来吧。其实,我只希望有几个亲朋好友送送我就可以了。对了,我一不举行所谓的告别仪式,二绝对不能放那些哀乐。这声音听了很不舒服。我要听欢快轻松的音乐,比如《欢乐颂》,比如《在桃花盛开的地方》,比如《天路》,这种歌曲,多带劲啊!还有那些像《茉莉花》《小夜曲》之类的轻音乐,多美好啊!三是希望来告别的亲朋好友,在我的面前读读我写的文章篇段,或许在那个时候,我能听出来,你读的篇段是哪一篇文章里的,是什么时候写作的,发表在哪家杂志报纸上,还得过什么荣誉奖励。你们想想,听着这样的声音,去那个世界多好啊……"

这遗言真好，也很有意思！作家往往把自己的文章视为最珍贵的精神食粮，带着这样的食粮上路，去另一个世界，真的很充实，真的不会再饥饿了。

赵作家要退休了，他又跟我说起了他的遗言，他说："我不想如果了，无论如何我都希望活在这个世界上，活着多好啊，人的生命只有一次，让自己永远活着吧。"

是啊，能让自己永远活着多好！

赵作家说："那个遗言不要留了。我的生命会何时结束，无论是突然的还是慢慢老去的，都是一种非常神奇的自然现象，我无法决定自己什么时候走或不走，既然如此，我干吗要留什么所谓的遗言？！"

我点头称是，这多有禅意啊！

"人的生命何时来又何时去，不是我们人的意志可以决定的，都是非常神秘而又美好的开端，那就让我们保持这份神秘与美好吧！"

领导的情人

官场里有好多色眯眯的男人，这些男人恨不得把我抓进嘴里吃掉，我一个外地来的弱女子，无依无靠，唯有抓住领导，才能保护好自己。

领导要高升了，调往外地任职。领导跟我交接班后说："让方

模拟快乐

菲跟着你吧。"我很意外，面对领导不知道如何回答。领导拍拍我的肩头说："就这样定了。"领导说完就往外走了。

方菲是领导的情人，这是谁都知道的事。领导竟然让她跟我，这不是要我的命嘛！如果不答应，方菲到领导那里一说，我的日子就不好过了。毕竟我是领导亲手提拔起来的，又让我接了领导的班。现在领导又要把情人让给我，这对我有何等的好啊！

三天以后，我特意约了方菲，让她在玫瑰咖啡厅见面。临行前，我把方方面面的事都想透了，总而言之，一句话：不接受领导的好意。这关系到我的为人处事，更重要的是如果让方菲做我的情人，单位里的人就会在背后狠狠地嘀咕，工作就没法开展了。

方菲仿佛看穿了我的心思，她一见我就问："你是不是不愿意让我跟你？"我虽很吃惊，但还是如实地说："这是让我很为难的事，何况领导对我有恩，唯有在这件事上不太好听领导的话。"方菲眼睛盯着我问："你还有什么话没有？"我坦诚地说："想听听你的想法。"领导赴任前肯定跟方菲有所交代的。我想知道。方菲喝了一口咖啡，很平静地说："领导说你是个难得的好人，让我好好跟着你不会受苦的。领导还说，如果你同意，希望我跟你结婚。这是他的心愿。"

这领导怎么能这样跟她说呢？要知道，方菲可是领导您的情人啊，既然是您的情人，我应该当作长辈一样来善待，怎么能跟她做情人或夫妻呢？这是天理都不能容忍的事！

"我没想到领导会这么说，反正领导的心爱女人，我是绝对不能动的！"我悄声地说。方菲听我这么一说，微微地笑了，说："其实我不是领导的情人。"我非常意外："你，你再说一遍。"方菲说："我当领导的情人，只是想得到他的保护，并没有任何实质性的关系。"我不能理解了，"那你为什么要这么做？"方菲说："官场里有好多色眯眯的男人，这些男人恨不得把我抓进嘴里吃掉，我一个外地来的弱女子，无依无靠，唯有抓住领导，才能保护好自己。"

我的妈哟，原来是这样的啊！这方菲虽谈不上国色天香，但也绝对是美人一个。现在最大的问题是，如果我答应了方菲，那单位里的人会说我动了领导的情人。这话要有多难听就会有多难听。如果我不答应，方菲肯定不高兴。一旦她不高兴，秘密不小心泄露，那后果就难料了。

"那这样吧，我们私下里听领导的话，公开场合你还是领导的情人。"这想法如同灵光一闪突然降临到我的脑海里。方菲听了也很满意。那一晚，我很想跟方菲在一起，方菲也有此意，但最终还是忍住了。万一被人发现，那就解释不清了。这成了一件让我每天每晚都揪心的事。如果要想正大光明跟方菲在一起，必须让大家抹去方菲曾经是领导的情人的事。而这件事好像不太容易抹去的。毕竟这天地间很小，没有隐瞒得住的事。我曾经跟方菲反复讨论，方菲也断然表示过："只要能跟你在一起，我大不了公开原委！"我连忙否定："不行不行！领导待我亲如兄弟，我们怎么可以如此绝情。""难道我们只能这样偷偷摸摸过日子吗？"我连忙安慰方菲："你放心，我们会想出一个好办法的。"嗨！这个好办法在哪儿呢？

终于有一天，这个好办法来了。我通过关系给方菲弄来一个到省城学习一年的机会。学习结束后，准备让方菲留在省城，而我也可调过去工作。远离小县城，有关方菲是领导的情人的传闻自然会消除了。

方菲就这样去省城学习了。我很高兴，方菲也很高兴。直到快满一年了，酒席上有朋友悄悄地对我说："你知道不知道啊，方菲，她，她……"我很警惕性地问:"她怎么啦?""听说她要调省城工作了,是她的情人也是你们前领导帮她搞定的!"

呜呼哀哉!我的妈啊!看来,无论怎么样,方菲是领导的情人的"事实"很难改变了。

领导有难就是我有难

领导的儿子一见我竟然非常惊喜地奔跑过来,还快乐地连叫三声:"爸!爸!爸!"我连忙接住儿子应道:"嗯!嗯!嗯!"看这忙帮的,真是没想到。

想当初领导有难时,第一个找的人便是我。那时候考上公务员没多久,又处在热恋之中。领导把我叫到他的办公室,非常直截了当地说:"小徐啊,想请你帮个忙。"当时一听领导这么对我说话,就信誓旦旦地表示:"请您说吧,只要我能做到的!"领导非常平静地说:"是这样的,我的表妹怀孕了,可又不能生下来,想请你陪她去趟医院。这个你懂吗?"我当然懂,领导是让我陪他的表妹去医院做人工流产。

老实说,虽然我有些不太愿意,毕竟不是一件好事,但话已经说出口了,没法收回。领导又当场表态:"事成后,提你当办公室副主任。"这诱惑力确实也是很大的。

领导的表妹年轻漂亮,面对我一点也不难为情。她很直截了当地说:"你很好奇吧,其实也没有什么好奇的,我不是你们领导的表妹,是他的情妹妹。"我想想也是这样的,否则领导不可能请我帮忙的。

第四辑　富人招聘乞丐

我陪领导的表妹去了外市的一家医院。手术结束后，领导的表妹住在了市里的一家饭店里，我特意请饭店厨师给她做一些补身子的饭菜。领导也特意悄悄地过来看望。领导小声地吩咐我说："麻烦你好好照顾她半个月，这期间当你出公差。"我满口应承。

回去上班后，我被任命为办公室副主任，有了独立的办公室，有了坐公车的便利。可是，女朋友却毫不留情地跟我拜拜了。她也不知道从哪里得知的消息，说我陪一个女人去了外市的医院做人工流产，还骂我这人很恶心！我真的是百口难辩，又不能说真话。

一年以后，领导又来找我了。"小徐啊，我是不是把你当成自己的弟兄？"我看着领导点点头。领导问："我是不是对你有特别的好？"我使劲地点了点头。领导又问："我对你是不是特信任？"我使劲地点头的同时，还表示："那当然！"领导说："我想请你跟我的表表妹结婚。"

听了领导这话，我好半天没回过神来。领导说："是这样的，反正也不瞒你了，我那表表妹快要生了，可又不符合生育条件。"

我完全明白领导的意图了，但真的很为难啊！领导仿佛看出了我的难处，便说："待孩子生下来报上户口，你们就离婚，当然，我会好好补偿你的。"

既然领导的话都说到这儿了，我还能怎么样呢？嗨！我同意了领导的意见。就这样，我很闪电般地结了婚，很闪电般地有了一个儿子。领导的表表妹，不，现在是我的老婆了，她对我倒是很好的，对我说了很多感谢的话，还说以后无论如何也要报答我。我表面上说没关系，心里却在说："你还有什么可以报答的？"

领导倒是说话算话，把我调到政治处当副主任。这副主任相当于办公室主任，而且是管人事的，有实权的。领导说："你先这样

模拟快乐

干着吧，有机会再给你动动。"说心里话，我很感激领导，真的，如果不是帮领导的忙，我可能，不，一定还是一个非常普通的办事员，但现在不同了，我出门坐公车，吃饭进饭店，还可以随意签单，不受金额的限制。我有时想想也值啊，有得必有失嘛！

待儿子的户口报上后，由于法律规定老婆在哺乳期间不能离婚。等到一年后离婚那天回家取行李时，长大了的儿子竟然叫了我一声"爸"，惊讶得我手忙脚乱，不知所措。我应也不是，不应也不是。好在领导的表表妹在场，她对我说："你快答应啊！"我"嗯"地应了一声，眼睛湿湿地看着儿子，心却很痛。

两年后，领导有难来请我帮忙。那时候，我已经被领导提拔为政治处主任了。领导很有心事地说："那儿子怎么也不肯叫我一声爸，你帮我去劝劝吧。"真是的！这忙让我怎么帮啊？领导又情真意切地说："如果帮成了，我想办法说服上面提你当我的副手。"我很坦诚地说："我这就去劝劝看。"

领导的儿子一见我竟然非常惊喜地奔跑过来，还快乐地连叫三声："爸！爸！爸！"我连忙接住儿子连忙应道："嗯！嗯！嗯！"看这忙帮的，真是没想到。

当领导是一件尴尬的事

老婆忽然眼泪汪汪地说，我跟你们单位里那些处长夫人喝茶聊天时，她们都在问我你有几个情人，你现在连一个情人都没有，好像是我把你管牢了，这让我多没面子啊！

第四辑　富人招聘乞丐

好像是天上掉下了一个馅饼，忽然间我被任命为单位的处长。要知道这处长可是响当当的副县级待遇，是单位里的中层领导，是有实权的人物。我之所以不厌其烦地解释这么多，真的是因为没想到在我三十岁时就能当上了领导。

我的那些同学啊朋友啊都一下子来祝贺了，请我喝酒请我桑拿请我洗脚请我风景区玩玩看看的都有。当然，这些活动有的参加，有的婉拒。毕竟咱是处长了，得注意影响是吧。可让我最头大的是，朋友们提了好多问题，这很多问题当中归纳起来其实只有三个，而这三个问题却让我非常难回答与不安，或者说我的回答根本不能让朋友同学们满意，甚至还骂我是骗人，是不够朋友的表现，是当了处长后看不起同学的本性暴露。这让我很难受，也很心痛。

第一个问题是：你当上处长是有靠山还是花了钱的？这问题第一次听时感觉非常好回答，我非常理直气壮地说，没有啊，没有靠山，没有花钱！朋友一听我的回答，鼻子哼地一声，然后说谁信！我连忙补充说，真的啊，你想啊我家在农村，肯定没靠山的，老婆家同样也是。朋友说，这我知道，你没靠山总得花钱吧，一共花了多少？我说真的没花钱，天地良心，我真的没花一分钱。朋友问我难道天上掉下馅饼了？见我无法回答，又断然地说，天上是不会掉下馅饼的！这是千古不变的真理！

我哑然，我无言！我真的不知道如何回答。这第一问题已经让我非常头痛了，而第二个问题同样让我非常不安。朋友问我，当处长也有一些时间了吧，我说是的，快半年了。朋友问，有好几个情人了吧。我回答说怎么可能呢。朋友说怎么不可能呢？现在哪个当领导的没有一个两个情人的。我说你也知道我跟老婆的感情非常好，好得恨不得天天黏在一起，头脑里根本不可能有找个情人玩玩的念

213

模拟快乐

头。朋友说,你呀真幼稚!一个领导同志有情人,是地位的象征,是成功的标志,你出去连个情人都没有,谁还会相信你是领导你是成功人士呢?

我哑然,我无言,我不知道如何反驳。这些话不知道听到有多少次了,只要单独跟朋友一起喝点酒什么的,他们就会这样说我一通,我呢到了后来真的变得很烦人了。

第三个问题更是直截了当,当过了一个节一个年后,朋友们就问我了,这年过得还好吧,我说好啊。朋友说你当然好啊,进账不要太多哦。我莫名其妙,问,进什么账啊?朋友冷笑一声,这你还不懂啊,别在我们前面装蒜了。我这才非常严肃地问,你如实说吧,我真的不懂。朋友这才说开了,这又不是秘密,过年过节,你手下的人会来看你是吧,跟工作上有关联的老板要来孝敬你一下是吧,这……这你懂了吧。我终于懂了,我非常严肃地回答,处里的人是会来看看我的,人情往来,这是肯定的,至于工作上有关系的老板,一个也没见过。朋友睁大眼睛问:他们没来?我笑笑说,没来!朋友鼻子哼地一声,谁信!我忽然发现要让朋友相信是一件非常困难的事,便什么话都不说了。朋友见我没回答,猛然起身自顾走了。我知道这是对我的抗议!

朋友肯定是要的,同学的情谊肯定也是不能丢掉的。这是老婆的话。老婆说无论怎么样,这些同学朋友跟你相处都十多年了,已经是你生命中的一部分,都不要放弃,也不能放弃,都是你的珍贵财富,至于他们现在的想法,也是很正常的,你就应付应付就是了。我说,这不是能应付了事的,这是原则性很强的问题啊!比如,我说有情人了,甚至带上个情人跟他们去喝酒,就算是假的,你会怎么想怎么看?这是不可能做假的事。我不可能为了应付朋友同学而牺牲做人的原则!

听了我的话后，老婆的眼睛紧紧地盯着我说，如果我愿意你去找个情人呢？我大跌眼镜，很意外，我说，你，你怎么能这样说？老婆忽然眼泪汪汪地说，我跟你们单位里那些处长夫人喝茶聊天时，她们都在问我你有几个情人，你现在连一个情人都没有，好像是我把你管牢了。我老实告诉你吧，如果你以后再连个情人都没有，我就没法跟她们一起玩了。这，这多没面子啊！

呜呼哀哉！面对老婆真的是哭笑不得，我的心却是在隐隐作痛。

在情人年代相亲

我注意你很久了，也一直非常欣赏你的学识，看你一直没结婚，我想如果你答应的话，我帮你申请读免考博士，费用全部由学校出。

32岁的我还没有女朋友。父母亲担心了，朋友们着急了。我倒不怎么样，反正该来的爱情终究会来的，这不，我在很短的时间里有了三次相亲的经历。

第一次相亲的地点，选择在咖啡厅。这咖啡厅的情调是我最喜欢的。来跟我相亲的女人是朋友们介绍的，说是绝对漂亮，绝对会让我喜欢。我喜欢漂亮的女人，长不长得漂亮，是我的先决条件。来相亲的女人果然漂亮，果然让我心动。我很满意。

女人对我也很满意，说话也很直接："我知道你也满意我，我也满意你，有些话，我们还是说穿为好，你说是不是？"得到我的肯定后，女人说："你的工作很不错，大学讲师，未来的教授，还有你人也长得英俊，儒雅。这一点我相当满意。"我说："你长得

模拟快乐

这么漂亮,还有举止言行也很优雅,我也很满意。"女人淡淡地说:"既然如此,我有些话要对你说,我曾经是领导的情人,领导对我也很好,但我感觉太累了,便跟领导分手了。"

女人的话让我一下子清醒过来,这,这怎么回事?这,怎么办呢?她,眼前的漂亮女人竟然是领导的情人,竟然跟领导相处了好几年,而现在,要跟我谈情说爱,这个,我,我心里会平静会答应吗?

我没有直接跟女人说"再见",只是从口袋里摸出手机看了一眼,就说:"老妈来短信,说父亲住院了,我现在就过去。"说完,我逃出了咖啡厅。

过了没几天,父母亲给我创造了一次相亲的机会,来相亲的女人果然是才貌双全,很让我喜欢,心跳加快,当时我就很想对她说"如果你不反对的话,我们结婚吧"。我的话没说出口,女人对我说:"我想为了今后的幸福,还是把话说在前面为好,你说是不是?"我连忙说:"是的。"女人说:"我大学毕业后当了初中的老师,有一天被一位大老板请去吃饭,还答应给我一套150平方米的房子。我停职后就搬进了那套新房子里。我想如果你还没买房子的话,就别买了,直接在我的房子里做新房好了。你说呢?"

我说呢?你让我怎么说呢?又是一位做过别人情人的漂亮女人。为什么两次相亲的漂亮女人都是做过别人情人的,难道漂亮女人都这样吗?我不相信!第三次相亲就这样开始了。

眼前的这一位女孩是硕士,27岁,相貌当然是漂亮,但跟前面两位比较稍要差一点吧,但是,这女孩有品位,有文化,有追求的目标。她说:"我想当教授,搞研究,把我对人类的看法用数据表达出来。"这跟我多有共同语言啊!

我跟女孩就这样恋爱了,在大学校园里,在大街小巷里,在电影院里,我们手拉着手,我们拥抱着,我们说着心里的最大秘密。

第四辑　富人招聘乞丐

女孩很痛苦地说了，原来女孩的硕士生导师对她的美貌早已垂涎三尺，只是一直没有机会让女孩就范，直到女孩的毕业论文要答辩前，导师对她说，如果她不答应，就不通过她的论文答辩。女孩很气愤，女孩想这不可能的。于是，就没答应导师的无耻要求。结果可想而知，女孩的硕士毕业论文没有通过。第二次硕士论文答辩前，导师再次要挟她，女孩没办法，如果再不通过答辩，就没法找工作了。于是，答辩论文前的那一晚，女孩喝醉酒后……

我很心痛，抱住哭泣的女孩，我说："都过去了，都过去了，什么都不要想了，今后的人生都是属于你的，你可以做教授，做你喜欢的研究。"那以后，过了好多天，我也没有主动联系女孩。

这三次相亲的经历让我很难受，特别是最后一次，有一种全身都难受都想哭的感觉。这样的难受真正持续了一个月，一个月后，我们学校的校长，一位40多岁风韵犹在的女人，把我叫到办公室，还关起了门。她说："我注意你很久了，也一直非常欣赏你的学识，看你一直没结婚，我想如果你答应的话，我帮你申请读免考博士，费用全部由学校出。"我悄悄地问："你要我答应你什么？"她直截了当地说："做我的情人，只三年时间。博士一毕业，我们就分开。"

我突然哈哈大笑，很轻蔑地瞧了校长一眼，甩门而去。